那段青涩时光中的你

NA DUAN QING SE SHI GUANG ZHONG DE NI

■ 胡诗琪　著

现代教育出版社
Modern Education Press

图书在版编目（CIP）数据

那段青涩时光中的你 / 胡诗琪著 . —— 北京 ：现代教育出版社，2017.7

ISBN 978-7-5106-5656-9

Ⅰ . ①那… Ⅱ . ①胡… Ⅲ . ①随笔－作品集－中国－当代 Ⅳ . ① I267.1

中国版本图书馆 CIP 数据核字 (2017) 第 184175 号

那段青涩时光中的你

作　　者	胡诗琪	
责任编辑	魏　星　刘兰兰	
装帧设计	裴文忠	
出版发行	现代教育出版社	
地　　址	北京市朝阳区安华里 504 号 E 座	
邮　　编	100011	
电　　话	(010) 64251036（编辑部）	
	(010) 64256130（发行部）	
传　　真	(010) 64251256	
经　　销	全国新华书店	
印　　刷	北京新华印刷有限公司	
开　　本	710mm×1000mm　　1/16	
印　　张	11.5	
字　　数	300 千字	
版　　次	2017 年 8 月第 1 版	
印　　次	2017 年 8 月第 1 次印刷	
书　　号	ISBN 978-7-5106-5656-9	
定　　价	42.00 元	

昂首向前　上下求索

赛场风采（照片由香港乒乓总会官网提供）

与"乒乓泰斗"张燮林合影

明先聖之道以道之遠学校主庠序服逢
掾戴章甫濟濟多士曰躋于古迺擇元日用
量幣尊之泊陳簠簋區邐紬考秉圭周稷
賢者在前敔者在後雍容俯仰周槌茲奏
成禮而退神人和右　丁酉歲夏詩琪書

国色天香

丁酉岁夏诗琪画

目录

序

　　我曾经是班级里位列前茅的尖子生，并一度以自己的成绩为傲；却偏偏在成绩上重重地跌过两三跤，摸爬滚打站起来后不再有小时候自以为是的模样。

　　我曾有过因为梦想拼搏奋斗的日子，几乎与理想擦肩而过，却在最黑暗的日子里柳暗花明。

　　我曾一次次质疑过自己的努力，无数次走在放弃的边缘，有些咬一咬牙，最终的结果让我惊喜，有些却眼睁睁看着目标与自己失之交臂。

　　我曾对生活充满了抱怨，对于那些不公平，对于生活中自己无法左右的压力。后来有些懂得了，也理解了；有些怎么都想不明白，却不再无谓地纠结。

　　我曾害怕自己会成为不够完美的模样，害怕人生中一道晴空霹雳破坏了所有小心翼翼呵护的完整。现在我明白了，有了缺憾和过错的点缀，才会组成最美丽的图案。

　　如今，我站在走入成人世界的门口，前后左右都是一片繁华，还有一条条朦胧又有些遥远的道路。我看不太清方向，分不清东南西北，只能盯着前方那个闪亮的光芒迈进步伐，因为那是我唯一能够清晰辨别的标杆和方向。

　　在我的路上，淅淅沥沥的雨开始下得越来越大。柏油路不知何时松动，变成了踩上去留下一脚深一脚浅的泥泞地。不得不慢下速度专注于自己的脚步，害怕一不小心就在一片迷雾中失去了我曾熟知的事物和方向。

　　在我的周围，人们来来去去，行色匆匆，不知他们要走去哪里，不知他们究竟是同路还是过客。他们中有的人一言不发但却一直在我的眼睛能够瞟到的余光处，不紧不慢地跟着我的脚步；有些人在我眼前一阵喧嚣熙攘后，却消失得无影无踪，仿佛发生过的都是梦境一场。

　　在这个年纪，我还不懂什么人生大道理，也不清楚自己能否在未知的世界中找到一方属于自己的土地，只是和从前走过的路一样，向着选定的地方不停前进。或许会拐一些弯路，会绊几次跤，甚至突然发现过往都走错了方向，但这些都没什么大不了，收获总是在路途中不期而遇，我们满怀的不该仅仅是对美好结果的期许，还有对未知一切

的接纳和欣喜。因为这些经历，才让我们出落成为最特别
的样子。

如今，未知的总比面对的要多，但是我一直在前进……

这一年

"美丽的三色帆

我青春之旅。

我寻找你，我走近你……"

校歌《三色帆》的激昂旋律在北师大二附中国际部的礼堂再次响起，伴随着主持人齐声宣布毕业典礼到此结束的致辞，我知道，这一年连同我的整个申请生涯都被新一页的白纸覆盖过去，将那些印记标刻在这一年里的起起落落、惊喜与失望推向了过去。

递交申请，朋友圈里大家陆陆续续地收到录取捷报，最后一次上课，毕业演出彩排，直到在礼堂演出，我不能说这一年的变化是涅槃重生，但是却想把这一年比作在人生岔口上的指南针。

我所失之交臂的，曾经梦想的，如今又真真实实拿在我手中的，给我指引了下一步的路途。

从二月开始，我陆陆续续收到几个学校的拒信。同学们的好消息相继传来，我心里的忐忑却一天一天激化加深。

直到三月底，加州大学圣芭芭分校给了我第一份录取通知书。

四月初，英国爱丁堡大学通过了我的申请。

五月，香港中文大学又向我伸出了橄榄枝。

这一年，我重新定义了自己，在发掘文书的过程中我同样发掘了自己的定位和价值。

这一年，我从试探到绝望再到认可自己，在一无所知中摸索，在接收一封封拒信中丧失自信，又在低落到尘埃中后收到振奋人心的好消息。

虽然遇到了超出自己预料的困难和失败，但是这些带给我的认知和成长，同样是始料未及的。

我们有时总在走过后才庆幸自己没有躲避，庆幸自己当初做了这样的选择。

我同样为自己选择出国留学这条路而感到幸运。原本以为比高考轻松很多的生活，实则带给我丝毫没有准备的压力和冲击。一次次征服自己的心理战，一次次不得不学会的沟通、统筹和计划，让我不知不觉中厚实了自己的资本和筹码，让我面对这个世界时能够昂首挺胸。

漫漫申请路

即使是真正踏进国际部的大门口，我对于出国留学这件事情依旧处于朦胧和随意的状态，从没想过出国到底意味着什么，放弃了什么，又会收获什么。

我和所有人一样，害怕自己特立独行，害怕站在人群中被另眼相看。于是他们做什么，我便做什么。每天和二十多个人一起上着一样的课，做着相同的作业，接受着老师和学校的安排。

我曾想过自己要获得什么吗？应该想过，或许是一段难以磨灭的青春和一纸心仪傲人的录取通知书。

我曾想过自己要付出什么吗？应该也想过，大概是失去高考的机会和留在父母身边当个没什么顾虑的小孩子的时光。

但真正回到每天的生活当中时，这些空洞的理想却都原形毕露，又回到了和别人没什么两样的重复的套路中。

我不得不承认，踏着别人的影子走，我绕了很多弯路。

但幸运的是，在曲折离奇的路途上，我却留下了独一无二的印记。

我想把申请比作一场 colorrun（彩色跑）版的马拉松，这段路程疲惫不堪却充满激情和乐趣，我们都带着不同的期盼入场，有些人收获了羡煞旁人的成绩和结果，有些人则享受着过程中的每一次嬉笑热闹。在这里，选择的空间大了很多，老师的逼迫和作业压力也少了很多。

这种自由自主的生活给了我们塑造自己、定义自己的机会，也给了我们随时会落在时代末端的可能。但是好坏无法区分，更无法清晰地评判，因为我们都在不同的路上追逐着不同的灯塔。

最重要的也不过是结束后，当我们回望时，心里没有后悔自己曾经的决定，如果再来一次，自己还会这样选择。

当彻彻底底地给申请生涯画上句号时，我依旧很难清晰地回答某些问题。比如我付出了什么，又获得了什么。

当时想不明白，现在却说不清道不尽。三年的故事太多了，记性再好的人也难免忘却发生过的种种事，但是经历过的波折却清晰地刻画在我的灵魂里，让我出落成和三年前不同的模样。

一、别让努力成为苟且的包装

1

托福考试是一门申请国外学校（包括中学、大学、研究生）时必须提交的语言类考试，满分总共 120 分。每个学校对分数的要求都有所不同。还没开始学习前，就听过很多人说托福如何如何难学。我则"不知者无畏"，从一开始就信誓旦旦地给自己定下 100 分的目标。

都说笨鸟先飞，我这个英语"差等生"进入国际部后却没有意识到自己短板所带来影响的严重性。以为自己还不错的中考英语成绩足以应付国际部的种种课程和进度，却不知道许多人都是以英语接近满分的成绩进来的，还有很多人早早就对出国有着规划，甚至是在国外上过几年学回来。初升高的暑假，很多同学都开始着手准备托福考试，我反而毫无紧张感地按照正常假期一样度过，安慰自己高一基础扎实后再开始学也不迟。这样的想法让我在高一期间也只是注重GPA（平均成绩点），并没有加强英语这块短板。我的第一次托福考试都已经是高二10月份，是很多提前准备的同学第二次，甚至是第三次考试。直到我拿着自己七十多分的成绩，以及老师发出了还有三个月就要结束托福学习的最后通牒，我才从不慌不忙的状态中惊醒过来，意识到自己所剩的时间寥寥无几，要取得的成绩却遥遥无望。这种紧迫感让我进入了高级戒备状态。

我开始想方设法地追赶，高质量地完成老师留的背单词任务，在手机"百词斩"上加强记忆，把托福软件上的题一道一道、一篇一篇地完成。晚自习和周末的时间安排得满满当当。一旦有了deadline，效率总是出奇得快，回想起来，这几个月的时间，就是高中生涯中最努力的时光了。三个月的时间，我几乎把所有的阅读和听力题都刷完了，用自己的方式梳理并分析错题。文章中积累的陌生单词几乎记了一本，听力很多套题重复练习了很多遍，熟悉到听到文章都知道出的题目和答案。

2

由于担心二月份的考试，我在寒假期间报了课外班。早上七点到晚上九点，距离家里大概一个小时的车程。每天天还黑着就起床，到楼下麦当劳买早餐，在车上五分钟吃完再睡一会儿，这几十分钟的梦乡对我来说珍贵极了。纵使这样，早上的课也需要一杯咖啡支撑。班级里的气氛每天都很压抑，不是努力学习就是趴着睡觉，一整天除了老师讲课的声音以外，都是安安静静的。中午只有几十分钟的吃饭时间，来不及仔细纠结到底哪一家更加好吃。于是二十几天把楼下的餐馆几乎都光临了一遍，味千拉面的每种味道至今都记得清清楚楚，也是第一次想念家里平淡却不会烦腻的菜肴。晚上晚自习结束回到家都十点了，北京的夜晚虽然灯火通明，但临近过年的街道也开始变得冷冷清清。过年期间只有四五天的假期。大年三十那一天坐飞机回到老家时，全家都已经在准备吃年夜饭了。匆匆忙忙过了年，又回到了备战托福的生活。

二十八天单调的生活看起来很漫长，过起来却是一下子就到头了。临结课前，妈妈给助教打电话，那头老师信心满满地说我肯定能上一百，熬过了这么多天，我仿佛也觉得给高分添了不少的筹码。

这些正面信号给我鼓励，但也正是这些"保证"让我在打开查询成绩网站，看到85分的成绩时，内心的支撑瞬间崩塌了。当我认为自己已经做到了尽头、再没有余力时，得到的结果却出乎意料的不满意。与此同时，班里的大部分同学大都考了九十多分的成绩。学校里 ACT 的课程接踵而来，留给托福的只剩下碎片的时间和渺茫的机会。那些努力、辛苦和支撑自己的鼓励都变成失望，迷茫和无措压倒一般涌过来。我记得那是个周三的下午，我坐在教学楼顶层哭了两个小时，连原本紧张的晚自习都趴在桌上失去了努力的动力。

3

重新回到打了鸡血一样的生活要感谢年级组长，以及当时理智的父母。

我在彻底放弃学习几天后，被几个闺密劝到了年级组长的办公室。我无措得不知从何说起，觉得羞愧，甚至可笑。说起来只是因为一次考试失利就失去信心像个懦夫，但是当看到自己的辛苦和期望都付诸东流时，这样的无力也挥之不去。

窘迫地说出自己的状况时，等来的不是年级组长的失望，也不是毫无用处的安慰，她只是告诉我许多人都正在经历这个阶段，而迈过后拿到理想的成绩和 offer 的更加大有人在。其他的内容都已经记不太清了，只记得当时内心里一下子找到了平衡和安慰，不再为自己的付出感到怜惜和不值。

回到家时父母冷静的态度让我松了一口气。妈妈告诉我此时分析自己的不足和弱点更为重要，爸爸也鼓励我还有机会。

这些让我重新回到了之前的生活学习轨道，也提醒着自己，没有达到自己的目标就不能停止努力。

4

高二下学期已经开始了 ACT 课程的学习。这是申请出国留学需要准备的另一项标准化成绩——美国大学入学考试。

能专注于学习托福的时间被压缩得只剩下一小部分。到了五六月份，临近第一次 ACT 考试时，托福刷题就被彻底搁置了。对于在七月刚刚放假第一周周末报名的托福考试，心里没有一点儿底。基于上次努力刷题几个月的微薄成果，这次却要近乎裸考，所以我对于提分并不抱什么希望。

考完试后我到网站上查分时，不再像之前一样心脏倏然间怦怦地加速或者手颤抖着不敢点开查分网站。因为没什么期待，也就不再害怕什么失望。

所以当93分的成绩弹出屏幕时，心中的惊喜远远大过于不满足。

像是吃了颗定心丸一般，我对目标有了信心，更让我坚定了100+的目标。我知道ACT的学习也让我的英语水平提高了不少，应该一个假期复习后，也就离目标不远了。

5

一次波折和觉醒过后，就可以变得一帆风顺了吗？

真实的生活却是一波才落，另一波又起，有时甚至是几波连续冲击。

假期间大把自由的时间，终于让我能够为各项标准化考试做准备，每日都能预留充足的托福刷题时间。

我没有再上任何额外的托福课程，而是按照老师的方法勤加练习。做题时细致到把错题和每个陌生单词都整理一遍，知识点烂熟于心。散步时也会拿着听力材料一遍遍跟读。虽然时间紧、压力大，但目标带来的动力却让我不会感到枯燥和崩溃。

八月底开学前，我第四次踏进了托福考场。考试前一晚，我比平时提前一个小时躺进被窝，希望养足精神，却出乎意料地失眠了。脑子里一遍一遍想着该注意的点，一会儿起来检查闹钟是否定好，一会儿又看看证件有没有落下，连客厅里爸爸妈妈刻意压低的谈话声都听得比以往更清晰。我努力尝试用各种方法让自己安静，忘记最后怎么睡着了，却在夜里又惊醒了两三次，生怕自己错过了时间。

紧张的心情持续到了进考场。做阅读的时候，全部的精力似乎都还在一口深一口浅的呼吸中，屏幕上的英文字母丝毫看不进眼中，耳边的嘈杂声却像被放大了无数倍。

大概十几分钟后，考场渐渐安静下来，我才进入了考试的状态。

最终成绩果然没有预期中的理想，当屏幕上99分的成绩弹出时，心中还是挺失落的。只有一分之差。我理所当然地把这次失败归结于运气和心态。由于太紧张影响了我的发挥，我想如果没有心态絮乱，自己一定能够如愿了。

所以我把筹码压在了九月份的下一次考试。

6

九月底，我到河北参加了第五次托福考试。

为了防止被心态影响这种状况的出现，我早早就温习过知识点，躺在床上听音乐放松。睡觉时没有像上次一样被失眠折磨，第二天考试的状态也格外平静，有了几次考试的考场经验，自己发挥得没有任何意外。

但是事实又给了我一击，我没有提升，反而下降了3分。阅读、听力和口语都发挥得正常，但是写作部分却发挥失常，下降了四五分。

查完分后我很大程度上失去了信心。自己正常发挥的水平也达不到预期的分数，想想自己所剩的时间不多，原本看似触手可及的目标却突然变得虚无缥缈。

我几乎无法冷静下来，觉得把所有努力都做过了，也再没有可以更进一步的空间。那种卡在瓶颈不上不下的感觉就像是被绊在离终点不远处的位置，眼睁睁看着目标，自己使出全身力气却也无法靠近一步。心里却有千万个声音在告诉自己，必须要考到100分以上的成绩才能申请理想的大学，这是早早就定下的目标。心里的迷茫和痛苦夹杂着不甘心，让我一遍又一遍质问自己，究竟是哪里出了问题。

我反复看着三次来来回回在90分波动的成绩，冷静后，突然开始反思自己屡屡卡在这个分数的原因。是否真的只是因为心态而发挥失常，还是自己本身的能力出现了漏洞，才导致成绩没有大的突破和提高？理性的想法越来越强烈，我翻出了从前的笔记以及自己练习过的题目，寻找着是否在做题方法上有不妥，或者某个遗漏的知识点没有复习到。有了明确的目的，我花费了几天时间进行整理，并和学校的英语老师根据我的问题和想法进行交流提问。

7

在几天的梳理后，我很快找到了自己的知识欠缺点和能够提高正确率的做题方法。

一段时间的复习后，我最终以托福105分的成绩完成了申请中标准化考试的部分，阅读部分终于从前几次摇晃在24、25分左右的成绩上升到29分，写作从以前稳定的23分提高到26分。

没有大量地刷题，更没有像前几次一样有充分的时间，却达到了前几次都没能达到的目标。很多时候，努力很重要，但是有方向的努力才不会让我们徘徊在原地，无法逾越困难的沟壑。

六次征战托福，我终于逃脱了英语差等生的枷锁。

托福成绩上的突破给我 ACT（美国大学入学考试满分 36 分）学习打下了很好的基础，不单单是更加牢固的基础知识，我的心理素质也有很大程度的提高。ACT 的学习刚开始对于我来说是个很大的挑战，我在数学和科学两科可以得到较高的分数，却屡屡败在阅读和英语语法部分。成绩总是在 23、24 分起伏，半年时间我被满篇的红叉吓到失去信心，一遍遍质疑后又一遍遍铆足了劲儿，最后在考试中语法得到了 31 分。总成绩也从第一次考试的 27 分，一路跌跌爬爬，最终拿到了 31 分的成绩。

我不敢说自己已经掌握了很好的学习方法，因为托福和 ACT 并不能代表所有的考试，应试的各类方法和技巧总是层出不穷，但是最起码我的抗压能力和信心一直都是充满电的状态。我一直相信这些一波很多折的经历才会是以后回忆起来最有味道的故事。

大家都说笨鸟先飞，但是如果忘记了早做预备，那就不要停歇，一直往前飞，总能达到心中的目的地。

8

我努力回想着一年来自己从七十多分到一百多分的时光，发现很多时候我都仅仅是被自己的努力所感动，有时甚至不在乎效果，只细数自己花费了多长时间，做了多少套题，却忘记了努力背后真正的意义。所以当没有得到努力相应的回报时，难过的情绪更多是抱怨，也很轻易地选择放弃。但是当明确并坚定了心中的目标和信念时，努力就不再是负担，也不再是在失败时反噬我们的力量。

永远别让奋斗成为苟且的包装，而要成为走向终点铺垫的平坦大道。

二、经历过绝望才能看到希望

1

正式申请学校从十月份就开始着手准备了。早申请（EAED）的截止日期是十一月一号，由于到十月二十二号我才结束标准化考试中的 ACT 考试，这样一来时间相当紧张。剩下的那一周，我就开始疯狂地写文书。很多人都说申请是一门玄学，因为每个人的录取结果和成绩并非总是成正比，大概文书在此时就起着关键性的作用，所以对于文书部分丝毫不敢懈怠。

程序基本是学校让你写几篇命题作文，然后根据你的文章来决定你是否是他们想要的学生。听上去让我们摸不着头脑，因为学校从来不会明明白白地告诉你我们需要有过怎样经历的人，所以我们也找不到固定的套路。中介老师提供的都是从前学生们的案例，你甚至无从知晓招生官是否喜爱这些案例。

收集到早申请几个学校的文书后，我开始和爸爸妈妈以及老师讨论、商量素材，剖析着每个题目是想要挖掘什么特质，然后又寻找自己经历过的事情。其实这是最困难的部分，我们都有着各自的观点却无从判断到底谁的更符合一些。一遍遍商议、统一，一周内在老师和父母的帮助下，我最终还是按时递交了申请。但这只是早申请的三所学校。

从十一月一号起到一月一号，还有更多所常规申请的文书需要出稿。那段时间我几乎整天整夜坐在书桌前面对着电脑，脑子里一直旋转着十几个题目，上网收集各个学校的资料，又想要尽可能地把自己的某些特质或爱好和学校扯上一丝一毫的联系，仿佛写出更多的相同点，录取的可能就会大大提高一般。

有时候一个上午就能写完一所学校的两三篇文书，甚至晚上突然有头绪的时候能写更多篇，觉得成就满满，可有时候却也会憋一天都毫无头绪。这不像一场考试只要写够了字数就能得分，所以我丝毫不敢糊弄。文书写完后反复检查、修改，怕自己哪里还表达得不够鲜明，哪里还有出现失误的地方。只有将所有材料都递交了，心里才能舒一口气。

这一个多月和文书来回拉扯的日子总算过去了。如果有个"最忙"排序，那这段过程绝对在整个申请历程中高居榜首。

2

申请结果从一月底陆陆续续开始发出。朋友圈里总有人不定时抛出一份 offer，评论区跟随着一大堆点赞和赞扬声。说不紧张其实每天心脏都提在嗓子眼儿里，但是真正收到那份邮件时，却迟迟不敢打开。可能每个人都有这样的经历，从收到第一个邮件时，脑子里想过了无数种可能以及自己应该如何应对才敢点开，到后来一咬牙心里想着"我豁出去了"就点下了"致命一击"。那段时间总是在人生的顶峰和低谷中起起落落，随时都会来一颗定时炸弹让你的心崩溃。

一月底收到的第一封 early application（早申请）的结果是一封拒信，我很认真地研究拒信的内容希望能找到为什么，但是上面全是客套的话，"谢谢你对我们学校感兴趣""由于申请人数太多"……

这所大学是我选择的保底校，成绩符合，校园环境比较心仪，录取率也适中。知道自己被拒绝时心里不仅仅是难过，更多的还有担忧。关于后面所有学校的申请状况都被标注上高危警告。但几乎所有学校都关闭了申请系统，无法额外申请其他的学校，能做的只有静等好消息。

过年前几天，我正在打包行李准备回老家时，接到中介老师的电话，得知自己被女神校 defer（延迟录取）。既不算录取也不算拒绝，而是放在下一波申请人中继续考量。

一直到过年后，我收到的所有的消息要么是拒信要么是被 defer，并没有一封让自己心里踏实的 offer。

那几天里，我每天都如坐针毡，甚至认真考虑过如果自己没有大学上该如何打算。

学校里大家每天谈论最多的事情就是谁又收到了哪个学校的录取通知书，或者谁谁谁竟然被哪所大学拒了。课程虽然轻松，但多数人的心里都是紧张的。

终于在三月底，等到了加州大学圣芭芭拉大学寄来的 offer。

3

假期结束前一个星期，姐姐和我聊天，她突然问我为什么不试着申请一下香港或者英国的大学，如果有机会被录取，自己考虑的余地更多，并且两种不同的教育体制各有千秋，这种体制中也有十分出色的大学。我本是非常直截了当就拒绝了她，转念一想，香港和英国优秀的教育资源同样非常有吸引力，或许也不失为一个很好的备案。

香港和英国的大学都要求托福成绩、ACT成绩、文书，唯一和美国不同的是需要三门AP（大学先修课程）成绩。其实当时自己只有一门AP的分数，抱着试一试的心态在网上递交了申请，也是卡在了关闭申请前的最后一小段时间。不过在申请后，我还是参加了微积分和宏观经济学两门AP考试，并都取得了5分的成绩（满分5分）。当时心里却没有一点儿把握。

英国大部分学校都已经关闭了申请系统。通过邮件询问几个学校是否还有学位时，几乎所有招生官都表示已经过了截止日子。幸运的是，几周后爱丁堡大学的教授发来邮件，表示学校申请系统还处于开放状态，并表示对我的成绩感到十分有兴趣。本以为已经无路可走之时，突然传来这个喜讯。我通过学校的官网查找申请途径和信息，两三天就完成了各项信息的填写，匆匆忙忙地递交了申请。

而香港中文大学的申请赶上的也是late application（晚申请）。这里的申请分为三个批次，十二月份的early application（早申请）、一月份的regular application（正常申请）以及二月份的 late application（晚申请）。根据先到先得的申请政策，到了 late application，名额剩得不多，自己被录取的机会也已经有些渺茫了。所以我在刚开始准备申请的时候甚至想过"要不算了吧"，但碍于已经告诉了爸妈自己的打算，再反悔他们一定会认为我思想不够坚定。

就这样为了给自己留个面子，我硬着头皮递交了申请。虽说难度不大，但各种事无巨细的资料也让我几乎没怎么停歇下来过。

提交后自己心里是没什么期待的，连家人也没怎么问过我的申请结果如何。很长一段时间申请的几所大学都没有任何的消息和邮件。说实话我几乎都以为学校并不会发拒信告诉你你被拒绝了，而是默默把申请状态从 on consideration（考量中）改为 reject（拒绝）。偶尔想起来的时候会登陆上页面刷新一下，也从没见申请页面有任何变化。

四月，爱丁堡大学通过了我的申请。

而香港的几所大学却迟迟没有消息，直到在我以为自己已经没有希望都不再常常查看申请状态时，才收到香港中文大学预约面试的邀请。

一周后进行面试。

五月中旬,我拿到了香港中文大学经济专业的 offer（录取通知书）。

4

　　这几封录取通知书于我而言意味着什么，真的太多了。不仅仅是有了大学的着落，更是对自己这三年所有那些努力过、想要放弃又坚持下来、无数次哭过后又激起奋战的日子的一种交代和回馈。这是一种别人对自己的肯定，以及给自己增添的一点勇气。如果说我没有一点点的小骄傲，那可能是假话，自己并不是清心寡欲的"圣母"，也不是"不以物喜，不以己悲"的圣人。但是小小的骄傲过后，也会重新面向现实。这样的结果，相比起千千万万出色的考生只是冰山一角的成绩。此时迈入门槛只是一小步，也是能否把将来四年的路走好、走远的重要一步。

　　很多人总说"只在意努力的过程，而不要注重结果"，我总觉得于自己而言很难做到。过程和结果并非完全独立，而是相互依存的关系。我们努力中每个濒临放弃时坚持下来的动力往往都是对目标的渴望和不甘，每次收获也肯定了自己付出的价值。当你得不到渴望的结果时，必然怀疑自己的过程是否出现了偏差或漏洞。结果虽并非衡量才能的唯一标准，却是最直接、最强烈的标准。

三、在追梦的年纪里

历经申请的时间，恰逢十七八岁的年纪，半成熟，半稚嫩。所经历的事情在人生中若说重要也短暂，若说轻巧也深刻。我把自己当作一个大人，想着那些远大的事情，关于理想，关于未来，关于命运和人生。但我也还像个热血青年，有着三分钟热度，不顾一切的冲动和碰壁时的想要放弃。

生活中的懊悔和迷茫总是多一些，不知这是作为孩童的单纯无知，还是半只脚迈入成人世界的未雨绸缪。

历经的事情我无从判断好坏，但珍贵的是那些不会褪色的记忆，从理想走到现实的路途，从泥泞中攀爬的挣扎，从一无所有到收获的坎坷，还有在征程上遇到的有趣的人和灵魂。

陌上花开　缓缓长成

◇

一、甘露

1

　　爸爸是家里第一代走出农村的人，打拼了很多年，最终在深圳有了安家落户的地方，那时我出生了。我在爸爸妈妈身边长到两岁，就回到老家跟奶奶一起生活了两年。爷爷奶奶原本是很传统的人，他们那个年代的人都有些重男轻女，然而对我却从来没少给过一分爱，少花一分心思。听小姑说起，爷爷总是起得很早跑去市场给我买最新鲜的大骨头熬汤喝，奶奶每次喂我吃饭时也要从我们家跟着我跑到隔壁家，哄很久才让我吃下一口，他们就这样迁就了我好几年。小时候我从来不怕在泥土地里爬的各种小虫子，总是信手拈来拿去吓小姑，即使她哭着找爷爷奶奶告状，他们也从来不舍得骂我。我在幼儿园得过的几张奖状被他们贴在墙上，甚至几年后搬家时也记得收到新家的柜子里。

爸爸总说小时候爷爷对他的教育很严格，对他很凶。但爷爷这么多年来从来没有对我说过重话，甚至在爸爸批评我时还会唠叨爸爸几句。如果说父母的爱是为了让我们更好地成长，爷爷奶奶的爱或许只有一个目的，就是尽他们所能把世界上所有的快乐都给我们。

2

在老家上完两年幼儿园，我来到了北京。对当时的我来说，这不是一个城市到另一个城市的距离，而是从我的世界到外面世界的跨越。

刚来到这里时，普通话才刚刚会说几句，每天只能用家乡话和父母交流。见到陌生人也要躲在妈妈身后只敢露出一双眼睛。这个地方让我感到陌生和紧张，是我生平第一次走出家门，也是我第一次见到那么多不认识的人和不熟悉的事。

来北京之前，我曾一万个舍不得，抱着奶奶哭着喊着不要走。后来妈妈给我打电话，告诉我，来了北京就能看到下雪。从前只在电视里看过的场景，让我感觉仿佛那里就是童话世界。

虽然到北京时正值盛暑，七月的骄阳没有让我看到期待的雪景，但是周围的一切都让我觉得新鲜好奇。虽然还没上学，妈妈却给我买了最喜欢的小公主的书包，家里大大的鱼缸在晚上还会发亮。

九月份我到了离家里最近的幼儿园上大班。这里有一个个干净好看的教室，墙面用绿色的油漆刷过，桌子椅子也是五颜六色。在幼儿园里每天都能玩滑梯和荡秋千。教室后面有一箱箱分类的玩具，我们有时装扮成医生给病人打针，有时抱着个洋娃娃假装当一个妈妈。老师还准备了奖励给每个人的小贴画，表现好时就会在我的脑门儿上贴一个。

这里和老家幼儿园里的一切都不大相同，在老家一个阿姨的家就可以成为一个幼儿园。那些从来没被粉刷的墙，还有被磕碰得"缺胳膊少腿"的桌椅，我们就在这样一个小平房的教室里玩耍，没有老师教我们学些什么。十几个年龄参差不齐的伙伴可以在那里肆意玩耍。每个人都从家里带着自己的玩具，相互交换，虽然玩具差别并不大，但是每一个都爱不释手。

虽然在老家所有的一切都不是崭新的，我们的生活也除了吃饭就是玩耍，连拼音也不认得几个，但是在那里仿佛自己就是整个世界的老大。

很喜欢新幼儿园里的一切，不过偶尔总是很怀念老家幼儿园里没有人管的自由。这里干净又整洁，但是规矩也一大堆。每天中午都要睡午觉，如果和别的小朋友偷偷说话，就要被罚一朵小红花。做操，玩耍，吃水果，甚至连洗手的时间都是固定的。放学后回家时也要排队走出校门才能解散。

幼儿园留下的印象也仅仅是浅浅的一层，但却是我孩提时代最怀念的时光。

我享受着身边人最多的爱，享受着肆无忌惮大笑和没有约束生活的权利。就如还未出土的新苗，不用直面风吹日晒，所感受到的只有雨露渗入的甘甜。

二、朱草萌芽

我的小学六年都在离家很近的东风小学度过。小学时的作业最为繁重，我所在的学校更是出了名的严格，那几年正盛行"量变产生质变"的教育模式，老师留作业的量几乎从未手下留情，练习册做了一套又一套，还有语文书里的生字和古诗也抄写背诵了很多遍。我当时为了防止自己忘记某一项作业，总是用一个小本子记下来，每天都能记满整整一页纸。可能正是因为六年这样的不断练习，我的基础知识和学习习惯得到了很好的启蒙和规范，甚至连飞快的写字速度也是在那时练就的。

由于小学我的课业成绩总是很优秀，也没有什么升学压力，父母从未对我的成绩有所担忧，所以我很少上过语数英的补习班，把更多的时间花费在业余爱好上。

就像很多望子成龙的父母一样，我也曾报过各种各样的课外班。整个周末都奔波在少年宫内，在二层上完舞蹈课后就爬到四楼上钢琴课，周日又到这里的一楼上乒乓球课和画画课。如果能在旁边小卖部买一个雪糕坐下来吃完，那就算很美满的休息时间了。

那么多课程随着我课业内容和压力逐渐增多，以及自己开始有了选择的意识而慢慢放弃了一些。珠心算和舞蹈在学习了一两年后就再也没有继续报名了。但是还有几项却坚持了五六年，甚至是更长的时间。

我从一年级就开始学习的钢琴一直练到六年级，国画也学到了小学毕业，至今仍然会在空闲时艺术一把，而乒乓球更是到了今天都没有停止训练。

小学时总跟爸妈喊累，也曾抱怨自己为什么不能少学一些。不过现在的我却十分感谢当时拼命繁忙的自己，如果没有那时的奔波，也没有那些铺垫下的基础和如今在几个兴趣爱好上的小有成就。

那几年就像大树长成前的扎根，所有期待的绽放都在悄悄萌芽，从土里探出了头，摸索着这个不太熟悉的世界。

三、风雨磨砺

1

初中那两三年的记忆，模糊又深刻。仿佛过了很长很长时间，经历的事也很多很多。总觉得不像高中一般，一晃就结束了。

从东风小学毕业后，我以优异的成绩和体育特长来到了北大附中，一所离家里很远的学校。

那是我第一次真正离开家，到一个还谁都不认识的地方生活学习。第一次去学校的那个晚上，爸爸妈妈都到楼下送我，他们从还没下楼开始就一直嘱咐，要注意这注意那，把我送上车时还隔着玻璃跟我说着些什么。我趴在车窗上一直跟他们挥着手，然后在车里憧憬着三年的住宿生活将会如何度过。到了晚上睡觉的时候，就开始格外地想念他们，想念每晚睡觉前跟他们说一句晚安，以及坐在妈妈房间里一起看一会儿电视。刚开始几天的宿舍里安静极了，我们都还不熟悉，所以互相都不怎么说话。到了很晚我还睡不着，就拿起手机给妈妈发了一条短信说"我好想你们啊"，有时候发完了心里也会觉得堵得慌，就静静躺在床上，让泪水哗哗地滴落在枕头上。后来不知怎的迷迷糊糊就睡过去了。到了第二天起床时，还能看到被泪水黏在脸上的碎发。

前一个月对我来说难熬极了，我每天都倒数着周末的日子，到了周五早早就收拾好行李打包回家。

一两个月过去，周围同学的陪伴让我很快适应了这样的生活，偶尔周末需要留在学校学习，或者参加活动也不会想家想得十分难过了。

我和我的闺密总是形影不离，饭后漫步到学校花园里的蘑菇亭，看看墙上又写了哪些新的八卦。秋天时就在树下踩着银杏叶一直走，听着嘎吱嘎吱的声音，看着眼前风一吹过，银杏叶翩翩起舞，绚烂的样子恍若女王的加冕典礼。一到下课，我们就互相拉着手冲向食堂，排在一直蔓延到小卖部门外的队伍里，只是为了等一个鸡排和几串"骨肉相连"。考试分数下发的那天，我们总是来得很早，互相说着不在意，却有几次因为成绩不理想躲起来号啕大哭。考得好的闺密会像大人的样子抱着你，讲一些大道理。其实那些安慰人的话来来去去总是没变，却能让人听了安心。

加拿大诗人洛娜·克洛泽写了这样的诗："欢愉在于细小，它只占据心灵一角；它形成季节和风，是一棵青青的小草，是一朵无名的小花，让芬芳在微风中轻飘。"

是的，初中三年遇到的那些人，和他们之间发生的细微的故事才铸成了我的花季。或许毕业时说的再见就是永久的告别，也许再没机会回到十三四岁那年的夏天，但是他们却成为我青春里最独特美好的记忆。

2

在北大附中这个地方的一切都是新的，无论是人还是发生的事，总是超出我当时的认知和控制。我总是不停地吃惊，不停地加速，不停地质疑，又不停地恍然大悟。

或许正是因为在这里记录下了我很多最深刻的经历，才让我有着从未减弱的怀念。

这三年的过程的结果，我不敢说给了自己一份满意的答卷，却又每每在爸妈批评絮叨时细数着自己经过的锻炼和成长。

三年里，我失去了从小就是优等生的骄傲，失去了从来不令人担忧的好成绩，失去了择校时不会因为成绩被阻拦的自信。

北大附中"自由自主"的教学理念把我放飞，我在几乎没有约束的一年里，尝到了无拘无束的甜头，但是也最终不得不接受自己种下的恶果，填埋自己挖下的一个又一个坑。

但是如果再选择一次，我还会坚定地来到这里。

因为也是这里给了我摔倒后爬起来的力量，给了我认识自己、学会自律的机会。

写这篇文章时，仿佛又把校园的每一个角落，以及经历的波波折折重新走了一遍。于此，又要重新跟她说一次再见。

依稀记得当年收到北大附中录取通知书的时候，几个烫金字"今天你为北大附中骄傲，明天北大附中为你自豪"印在银杏叶装饰的封面上。我还没能让母校为我自豪，但无论多少个年头过去，我永远都会因为曾经在这里而骄傲。

校园里的银杏叶绿了又黄，在地上落满厚厚一层，像是电影节的红毯，不知多少莘莘学子们也像当年的我那般，站在树下驻足赞叹。

有时候你会爱上一个地方，无关这里的人和发生的事，无关季节和风景。哪怕它拆了又建，当初的人换了一拨又一拨。但是看到它的名字时，心中还是会觉得自己属于那里，还是会激荡层层涟漪。

初中虽只有三年，却是轰轰烈烈的三年。如果说从前的困难从来都只是父母老师的要求，这三年则真正感受到了来自这个世界、这个社会的压力。风雨带来的不仅仅是惧怕，也是自己的觉悟和迈进。

四、摇曳中的坚定

1

当决定要留在北京上国际部后，我不得不拿着中考成绩到各个学校国际部进行入学测试。妈妈陪着我奔波于北京城各个学校之间，又帮我打听着这个学校的资源如何、声誉如何。七月酷夏吹的燥热的风仿佛吹在每个人的心尖上，我们每个奔走于面试的学生和家长都无一例外地着急。

此时我第一次真正体会到北京竞争的压力。中考时，老师总说"一分差一个操场"，现在只是中考中的一小部分人，竞争却足以让每个人都把心提到了嗓子眼儿。

拿到分数的那个下午，我去参加某某中学的加试，排队的人乌乌泱泱，左挤右挤，看到很多不够分数线的学生被赶出来。分数虽然淘汰了很多人，但是获得加试资格的人依旧坐满了整整两层楼的教室。考试一直从下午三四点进行到晚上十点多，老师说进入复试的人晚上一点前会给家长发消息。在回家的路上我还一直和妈妈讨论着明天的面试要穿什么衣服，注意什么问题。回到家后妈妈早早就让我去睡了，我躺在床上，心里期待着结果，辗转反侧无法睡去，直到我最后一次一点半看表时，也没有听到妈妈手机有任何动静。第二天妈妈果然没有早早就叫我起床，我知道自己被淘汰了。

而一个月前在另一所中学提前进行的国际部招生中，我不够流利的口语和表达能力遇到了众多几乎把英语当母语说的竞争者，就这样被毫不留情地刷出了名单。

被拒后我曾经又跑到学校找校长，希望能再给自己一次机会。他当时跟我说，没有被录取，就说明这所学校不适合你。我知道了自己水平的欠缺和距离，心里暗暗感到不甘心，却也只能接受现实。我只能开始扩大搜索的范围，在各个学校国际部的网站查找招生资料，又通过各种论坛、贴吧以及别人的意见开始进行筛选，最后报名了八一中学和北师大二附中的国际部。

八一中学的加试在前，进去时看到的依旧是一屋子近百人在等待竞争。下午的考试当场就出了结果，当老师拿着名单在前面点名的时候，我心里其实比之前任何一所学校出结果都要忐忑。这两所中学是自己最后的选择和退路，如果再次被拒绝，那高中就真的不知该何去何从了。幸好，耳朵还是捕捉到了自己的名字。

我们跟着老师走进另一间屋子，开始办理后面的手续。真正决定是否要签约的时候，我又犹豫了。还有另一所学校没有面试，或许还有一个更好的机会。但是万一被那所学校拒绝了又放弃了这里，那我就失去了最后的选择。我着急地跟妈妈商量和给爸爸打电话分析。周围签完合同的同学陆陆续续都走了，老师一声一声的催促让我更加不知所措。

最后妈妈理性地劝我在意向书上签了字，留下了一根救命稻草。

我依旧抱着试一下的态度到北师大二附中参加了面试。因为有了保底校，笔试和面试的各个环节心情都放松了很多。两天后在睡午觉时，爸爸的电话把我吵醒。北师大二附中的老师告知他我被录取了，并且学校不需要准考证和成绩单的原件作为必要的提交材料。这意味着和八一中学的签约并不会阻碍我选择北师大二附中。我高兴得一下从床上蹦了起来。

几次打击后，这样的好消息让我把心情从低谷拉到峰值。

2

考虑到出国留学的适应问题，我和爸爸也曾商议着是否到香港上高中会更有帮助。

暑假期间我选择了两所香港的中学，报名参加入学考试。香港中学是六年制的教育，我如果要上高一，也就是中四，只能按照转学生的身份考试进入。前来考试的人并不多，两间教室都坐不太满，也让我没有太大压力，但是考完后才听说最终只有几个人能获取资格。

待在香港等成绩的那几天，我左右纠结着要如何选择，既希望被录取，又想着直接被拒绝就不用纠结了。

最终有一所学校被录取。

选择的问题最终回到我的手上。

考虑期间，我又问了许多人，其实建议我去香港上学的更多。他们说那里的教育资源或许更好，其次用英语授课的环境也能让我提前适应国外的氛围。

我自己内心却更加偏向在北京上学。自己一句粤语都不会说，适应环境需要更多的精力和时间，或许反倒不如在国际部和大家有着共同的目标一起努力。

整个假期我和爸妈来来回回商量了很多遍。我们不停地收集资料，分析、询问别人的意见，但其实没有人能说出哪个学校有着绝对优势。

时间过着过着就到了八月份，最后一咬牙，我选择了留在北京的国际部上学。资源和教育或许不分伯仲，但是我觉得更加适合自己的一定会更好。

在摇曳中逐步坚定，因为清晰认识自己，外界的变化就不能使我动摇，也不会一直在犹豫和后悔中踌躇徘徊。后来的结果也的确印证了我当初的考虑。的确，只有适合自己的，才能发挥更大的价值。

五、聆听花开

1

北师大二附中就像是我人生中的一个赌注，我在一无所知、犹犹豫豫中下赌，我无从得知是否三年前选择去香港会是一个更好的选择，我知道的只是，在这里的这三年，是我想到的最好的三年。

这些收获无关分数、无关奖项、无关荣誉，只关于你的成长，以及你眼中这个世界的模样。

高中不再像初中那般所有事情都给我新鲜的感觉，仿佛觉得只是换了一个校园，所有的一切依旧并无差别地有序进行着。当然校园景致的变化都仅仅是微小的一角，从三年前到如今，变化最多的还是自己。初中时最重要的只是课业内容，到了高中却不再能够"一心只读圣贤书"。

初中时总是所有困难问爸爸妈妈就得到了解决，到了高中很多事情却要自己做判断和选择。我们仿佛不再贴着小孩子的标签，享受着小孩子理应被理解的胡闹和幼稚的权利。

我们在这里或多或少经历了青春期，体验了多愁善感和阴晴变化的心情。我们会把一件不起眼的事想成如何大的天灾人祸，会因为一个小波折而在自己的世界里低迷许久。当然这也是我们最热血的年纪，我们在冲动和一股脑儿的热情中散发着最炙热的光芒。我们觉得自己是要干大事的人，总想要做一些能留下痕迹的伟大壮举。每个人都在自己热爱的地方挥洒着汗水，然后因为一点小小的成果能够开心上好几天。无论是跟随着乐团到哪里表演，或是代表学校参加一次国际性的比赛，都让我们觉得，这样才是青春应有的样子。

我们开始形成自己独立的价值观，总觉得自己的坚持和放弃都有最充分和应当的理由。我们的喜爱和讨厌都那样淋漓尽致，或许因为一句话就愿意为此赴汤蹈火，也会因为一个眼神让我们对这个人画上彻头彻尾的一个红叉叉。我们喜爱那些实现人生逆转的励志故事，喜爱朋友圈和微博上安慰我们人生没有失败的鸡汤文。我们讨厌平庸，讨厌屈服于现实的退步。

所以，我们偶尔也做着一些明知道老师会禁止的事情。比如在校园里找一个小角落偷订外卖，比如看着周围没有老师就脱下校服穿上自己的衣服，比如每天早上明知迟到也要在宿舍多睡五分钟。这可能是我们最叛逆的年纪，我们为此挨过很多批评。但正是因为当初的肆无忌惮，才把这段年纪雕刻成最绚烂的印记。

这个世界的模样在这时候看起来最五彩斑斓，这段时光在我们生命的记忆中也散发着最明亮的色彩。

2

高中的毕业典礼也叫成人仪式。这不仅仅意味着告别和结束，也意味着这是成人的开始和最后一次按照班级的顺序坐在礼堂里。

我们每个人都收到一份庄严的《中华人民共和国宪法》，并在第一页签上自己的名字。

我们在国旗下唱着国歌，举手宣誓。

我们走上主席台和校长握手，拿着毕业证书对着眼前的相机微笑。

然后一切都结束了，大家合影的合影，告别的告别。从此你于这个学校而言，这个学校于你而言都变成了过去式。

毕业典礼那天，你可能还会因为校长最后一次冗长的讲话而昏昏欲睡，但是走出校门口时看着老师哭得红肿的双眼，内心还是会引起一阵阵的心疼和不舍，然后眼泪止不住地往下流。那个瞬间记忆中讨厌的、不满的事情都显得苍白，再也提不起你任何负面的情绪，愤怒和咬牙切齿都被泪水冲刷得无影无踪了。

突然发现自己变得有些复杂，有些原本讨厌的东西渐渐开始喜爱，有些人明明见面都想绕路而行却发现那些连躲避的日子都有些想念，有些地方明明很早前就想要离开可是临头来却还想在那里从头再来一遍。

我们挥手告别的校园，不仅仅有操场、食堂和教学楼，还有记录着自己作为未成年时在这里经历过的所有一切，那些不用负什么责任的决定和总是被原谅的过错。你不敢相信一直觉得自己离长大还遥远的时候，就真的被贴上了成年的标签。

其实你也不知道成年究竟是怎样，或许是做很多事情时都要更加小心翼翼，或许是很多事不再都能遂如心意，或许是我们要站在一个更成熟理性的立场上做决定，但是成年带给我们的不仅仅是承担和压力，也是历练和机会。

就像一朵开到极致的花，虽然逃不过恶劣天气的打击，逃不过终将会凋零的命运，但是盛开的姿态和精彩却是含苞待放和落英缤纷始终触手不及的。

青春的躁动

一、能坚持下去的自律，都会成为蜕变的契机

1

六年前当我刚刚决定要开始住宿生活，要第一次离开家人生活时，我觉得自己特别独立。从小就背着书包和球队里的几个队员以及教练走南闯北的我，早就习惯了离开家长的生活。不明白父母的担忧，不明白他们反复叮咛嘱咐的理由。

怀着这样的想法，我迫不及待地开始了六年的住宿生

活。也是怀着这样的想法，我感受到了迫切渴望自由的味道，以及从未有过的重重跌倒的教训。

2

在北大附中上学的第一次考试，我的排名在一百一十名，虽然在这个都是尖子生和学霸的集体里，中不溜儿的位置也算是个好学生。但在小学当惯了班里尖子生的我，心里的滋味丝毫不亚于考不及格那样的难受。

从小就享受着出类拔萃的心理刺激着我，到初一最后一次考试，我就进步到了年级七十五名，班级第五名的成绩。得知自己的成绩时，我激动极了，就好像自己又找回了当初名列前茅的骄傲。下课后我立马冲回宿舍把自己的成绩告诉父母，那种激动的心情持续了一整个夏天。

3

原本以为年级第七十五名的成绩就会从此稳固下来，就算是下滑一二十名，在这个学霸云集的群体里，也算是小有成就了。

但是进入初二，随着熟悉了学校周围的环境，适应了离开父母的生活，没有以往时时刻刻的监督，我开始沉迷于各种玩乐，那些在父母身边被限制的事情，都统统吸引着我。甚至没有节制，也不顾后果地占用了学习的时间和精力。当时总告诉自己，只要稍微一努力，什么时候都来得及弥补成绩，何不"今朝有酒今朝醉，明日愁来明日愁"？

放学后空闲的时间我偷偷和朋友们溜出校门，搭乘地铁在北京城里走南闯北，去南锣鼓巷吃小吃，或者到礼品店和文具店挑挑选选一些小玩意儿。每天逛逛吃吃的生活在偌大的帝都里怎么也过不腻。

以至妈妈当时给我的生活费永远都不够用，每周都悄悄从存的压岁钱中再多拿一两百。回来的时候基本都要卡着晚自习的铃声才能跑进教室，用最快的速度糊弄过作业，有时也和小伙伴们分工你一部分我一部分地写作业，最后再"汇总"在一起。剩下的晚自习时间就开始和身边的同学聊天八卦，有时看看从别人那里借来的小说，或者玩玩手机里的游戏，甚至趴在桌子上睡一节晚自习。

这些"自暴自弃"的行为轻易地将我有所长进的成绩拉入低谷，从七十五名倒退到一百三十名，但是第一次的退步并没有给我敲醒警钟。

然后我的成绩就如滑雪一般下降到一百五十名，一百八十名。

这是初二最后一次考试的成绩。还有不到一年的时间，就要中考了。

4

当我看到自己如此糟糕的成绩时，像是被重重打了一拳，除了听到心脏咚咚咚的跳动以外，脑子里一片麻木和空白。

我知道回家之后一定会接受爸妈的"混合双打"，但我更担忧害怕的却是离自己越来越遥远的梦想校。排名如此靠后的我，还怎么拿到理想高中的入场券呢？

当头一棒让我恍若大梦初醒。初中的两年生活就在自己丝毫没有考虑过后果，对自己没有任何要求中荒废了。我仿佛被打入了一摊污泥中，想站却没有任何支撑的力量让我借力。

我不得不开始对以往学习的知识大量地进行补习。虽然整个暑假都在忙碌，但是内心充斥着的却都是迷茫和不知所措。

初三是最重要的一年，学校开始实行"特殊政策"，以备我们能够充分地对中考有所准备。原本轻松自主的学习环境一下子紧张起来。我清晰地感受到，所有人都在以更加拼尽全力的姿态冲刺中考，而我的力气却不得不花费在对以往知识的学习巩固中。这种忧心忡忡让我全然摒弃了对任何玩乐的向往和吸引。

我给自己定了几个原则性的要求，绝对不漏过任何一节课，绝对不在学习的地方留下任何让自己分心的事情，绝对保质保量完成所有作业内容。

想要补上一年空缺的知识点，我不得不在正常学习之余，花费时间填补之前的漏洞。像很多挑灯夜战的人那样，我在宿舍买了一张可以支在床上的小桌子，还有一盏可以夹在桌子上使用的台灯。这些我从来都只是在书中听到的玩意儿，充斥了我初三的整整一年。

十点半熄灯后，我就准时打开小桌和台灯继续学习。语文书中的文言文，老师每留作业让我们抄写或背诵，我都会再额外地多做几遍。各科的练习册上被红笔、黑笔标注的笔记记得书上满满的。

每天放学后，都要喝瓶咖啡才能保证晚上补习不会困得在课上睡着。雀巢咖啡的味道我想再过几年也一定忘不掉，从中考过后至今，我也再没有碰过一口那甜甜又有些涩涩的味道，以及那股飘散出的浓郁却几乎让我反胃的咖啡香。

一整个学期的努力和态度的转变，让我对自己的成绩开始有了复兴的期盼。翘首以盼一次考试成绩来证明自己又回到了初一的水平。

5

然而，初三上学期的期末考试，我拿着一百五十名的成绩回到家在被窝里哭了一晚上。那次爸爸妈妈没有骂我，他们什么都没有说，但是我的心里却有无数个声音告诉自己，已经来不及了。

我回忆了很多关于自己的初中三年的事，想到了刚刚踏进校门时的期待，第二年自己适应环境后的种种放荡不羁，以及自己如今想要力挽狂澜的无力和缓慢的成效。我终于开始意识到，没有谁能为自己收拾残局，曾经逃过的所有的努力如今都一一反噬在自己的身上。

第二天当我顶着肿红的眼睛起床吃完饭后，妈妈还是像往常一样怕打扰我关上厨房的门开着细细的水流洗碗，我看见客厅里被拔掉电源的电视机上已经有一层薄薄的灰，在我为中考复习期间，全家人近半年没有看过电视。洗衣机也从离我最近的厕所搬到了阳台。家里的每个人都在尽微薄之力为我推波助澜，也没有人因为我的这一次考试而放弃，我顿时心生惭愧，又怎么能不再试一把呢？

6

在和父母无声的交流中，我又重新振作起来。想想大把的励志故事里，也有很多在最后发生奇迹的人。

那种咖啡飘香和翻过练习册哗哗响的日子重新回到我的生活。

单调重复的任务总让人过得恍惚，一本本几乎相同的练习册和张张摞起来厚厚的卷子，仿佛过了今天还是今天。

但即使没有书桌前和黑板上的倒计时，我心里也一直在倒数着剩下的日子，警醒着我中考即将来临。

下半学期开学两个月，一模就开始了。我的成绩只有四百四十分左右，加上体育成绩距离重点校也还差至少五六十分。到了六月初的二模，我一下就进步了三十多分。数学从原来的九十左右进步到了107分，物理也进步将近十分，突破到了九十分。这是我在平时练习中都没有考到过的好成绩。所以虽然学校里有些尖子生在一模、二模结束时就和很多"市重点"签上了被录取的合同，我的高中虽还没有什么着落，但对中考却不再惧怕。

7

2014年6月24日那天早上，班主任在考场外的警戒线那里等着我们。她穿着深色的裙子，在夏天清晨的阳光下那样让人安心。我们每个走进考场的人，都和她拥抱了一下，来自她身上那股清水干净的味道让我一直舍不得撒手。

每一科考试前她都在校门口，每一科结束后即使最后一个出来也还是能看到她的身影。

考数学前，我还特地握了握她的手，跟她说："老师，把您所有数学的运气都给我吧。"她笑着说："嗯，都给你，都给你。"直到发卷子时，和老师握过的手还一直紧紧攥着。

可能她手心里的温度真的给了我好运气，做题时我一直十分安心也十分顺利。

二十六日，当我写下英语作文的最后一个字母，看着周围的人脸上开始显露出的疲惫又激动的神情，我才真真确确相信中考已经结束了。坐在最靠窗的那一排，我盯着楼下的景象看了很久。已经有些燥热的温度，洒在青葱银杏叶上的阳光，还有知了不停歇地吱吱叫，在这个夏天都显得格外不同，仿佛和三年前第一次看到校园不大一样，仿佛和从前一千多天坐在相同位置上看到的景象也不大相同。

8

七月四号中午，我在饭桌上吃着饭，眼睛其实在不停地看着钟表，在秒针走过十二点的时候心里紧缩了一下，现在就可以上网查分了。

本想着一会儿再去查，却装不了镇定，放下碗筷就跑到房间里。电脑开机，打开网站，登陆账号，我的手一直在颤抖，连密码也只能用一个手指一下一下按着输入。

点开成绩查询。

总分536。语文104，数学110，英语115，物理93，化学74，体育满分40分。

虽然擅长的语文发挥得并不理想，但看到一年努力有这样的成果时，我知道自己已经尽力了。

瘫坐在椅子上休息了好一会儿，当我想要大喊告诉父母自己的成绩时，才发现已经没有什么力气了。我走出房间抱着妈妈，任由自己在她怀里大口喘着气，平息着心情。

9

初中三年给我的触动真的很深，我体会到独立真正的意义，这应该是成长中很重要的一课。有些人说"桥到船头自然直"，当我们没有庇护时，也就自然而然地学会了独立。很多人都经历了这样的过程，有些人过得的缓和而漫长；有些人过得轰轰烈烈，可能十几年后都清晰记得当年的挣扎。但也有些人，永远都没有学会自立。

自立的过程不仅仅是学会独立生活，更是学会怎样成为一个能够实现自己的梦想和价值的人。

再回想当年懵懵懂懂进入北大附中时，我有的也只是独立的生活，而并非独立的思想。如果再问我一次，什么是独立，我想我一定会说："自律和责任"。

或许人生几十年我们都不停摔跤和成长，那些跌倒过的血痕和伤口会随着岁月被吹得无影无踪，但却希望爬起来时的痛苦和觉悟能时时在心中隐隐作痛，提醒我不再重蹈覆辙。

二、你必须清楚自己最想要什么

1

人们常常说"不要在同一个坑里跌倒两次",也说"吃一堑长一智",但我却是每逢"二"就出问题。

初中时是初二,高中时是第二个学期。

成绩从前几次都稳固的年级三十多名跌到了五十多名。

和几乎所有在青春期的热血少年一样,我算是情窦初开了。

现在回想起来时也会觉得有些奇怪,那个年纪见过的男孩是十几年来见过最优秀、最出色或最吸引自己的人吗?或许都不是。只是在十七八岁的年纪,我们总是千方百计地把自己的生活过得轰轰烈烈,总是不甘心自己的青春期就在单调的埋头努力学习中度过了。

所以那些长相稍微帅气一点,性格稍微温柔一点,打篮球稍微好一点,跑步稍微快一点的男孩总是轻易就虏获了学校很多女孩子的芳心。你从没想过现在的行为是否妥当或正确,也清晰地知道自己不仅幼稚还鲁莽。但却总幻想着自己也会是青春剧里的女主角,也要经历一段刻骨铭心的感情。

我猜想在这个年纪偷偷谈恋爱的人一定不少,但是我们的青春真的因为这些就变得刻骨铭心了吗？我不能代表所有人回答，但自己的答案却是否定的。

2

高一下学期的那段时间，我总是在自习课和睡觉前手里一直拿着手机，等着屏幕亮起来，然后滑开锁屏看到熟悉的头像发来的消息时，就会心满意足地小小激动一下，有时也故作聪明地等很久才把信息回过去。学习和睡眠时间早已不是排在第一位重要的事情。这样的场景在高中的校园中总是随处可见，那些少男少女把心中的蠢蠢欲动都写在脸上，眼睛里透出来的都是青涩又激动的光芒。

我们看到别人站在一起，有时只是在谈论着学习或者学校的公事时，也会一阵起哄和唏嘘。

十几岁的感情总是这般轻易，今天感觉这个万众瞩目，明天或许又觉得另一个人看起来不一般。其实自己也摸不清这种情绪是懵懂还是喜欢。

在学校里，几乎所有坠入情网的人都是一个模样，所以你从他们的一个动作、一个眼神就能轻易地看出些端倪。我想这或许就是青春的恋爱套路，我们只满足于当下。

其实在学校里也不乏那些兼顾着学习活动和感情的人，他们就像楷模一样，老师都时时加以赞扬。大多数却更像是过家家，感情和学习交织的波动一直冲击着原本平淡的生活。

老师在这时候总是格外忙碌，一个接一个地找谈话，害怕伤害我们的内心，也害怕耽误我们的前程，效果却不足以平复当时我们内心的躁动，甚至很多人都嗤之以鼻。

但时间总是能让我们看到那些结果，这样其实反倒是一节最好的教育课。

随着新鲜感的消逝，就会为了一些鸡毛蒜皮的小事开始争吵，也从不顾虑怎样解决最有效率，不管责任和担当意味着什么，在还不够成熟的背后，这些懵懂开始被无穷无尽的自我满足感和控制欲占据，就像一把利刃，割破生活中所有原本美好的东西，甚至包括自己的耐心、个性甚至是还不错的成绩。

3

的确如此，我的成绩由于在这些琐碎的事情上分心，开始出现大幅度退步。爸妈开始有所警觉，鉴于初中的经历他们不敢再放任我自己处理和调整。所以很快，爸爸妈妈就轮流找我谈心聊天。都说父母对自己的孩子总是知根知底，他们很快就彻底地了解了我的状况。爸爸当时不在北京，我在学校也总是不方便打电话，他就用微信发来一段一段长长的文字，大致记得内容是关于他的经历和看法，以及很多关于成长和权衡的内容。细节都记不太清，唯一印象深刻的就是自己在看完后号啕大哭。半夜躺在床上一遍一遍回想时，才慢慢觉得有些道理。

那个假期，我反复在自己和他们的思想纠葛中来回摇摆。最后咬牙，下定决心，自己最重视的是学习成绩，所以如果产生了冲突，我必须做出选择。

我原本以为很困难的事情，却让自己更加释然和清晰。现在想想，有时父母的逼迫远不如让我们看清现实和脚下，那样我们更容易醒悟。很多道理我们或许都懂，但是在此时做的事情、下的决定总是被荷尔蒙驱动着，可能多少年后你也会觉得这些小事并不值得我们翻来覆去地折腾，但是于那时的你而言，这些就是生活中的重头戏。

回到正常轨道后我很快也很轻易就把成绩提了上来，甚至有所前进。排名上升到二十名，然后是十几名，在最后一次期末考试中还取得了年级第三名的成绩。

4

我不想把发生在十七八岁的感情都叫作早恋。什么时间算早，什么时间正合适呢？没有谁有最正确权威的答案。有些人在二三十岁结婚，最后却以妻离子散的结尾收场；有些人十几岁相识，最终也能白头偕老。

我曾经在美国的养老院里遇到过一对外国夫妇。我们在采访中问了他们一个很普通的问题："最喜欢什么花？"

老奶奶说："我最喜欢 rose（玫瑰）。"

老爷爷指着旁边的老奶奶说："这就是我最喜欢的花。"

我们都有些微微惊诧，然后就听他们讲述从相识到携手迈入白头的故事。

他们十岁时在 YMCA（基督教青年会）认识，相恋，到了合适的年纪结婚生子，一直相伴走了一生。如今已经八十多岁了，七十年的日子，冲淡了激情，却在他们的身上留下最真挚和美好的样子。至今我都可以在他们的眼睛里看到对这段婚姻的骄傲，对身旁陪伴的这个人的骄傲。

这些在懵懂时情窦初开的感情，不掺杂任何杂念，也没有外界左右着我们的想法，我们就在自己小小的世界里安之乐之。你若说它最美好，可是你们也曾因为不成熟而互相伤害着；你若说它不堪回首，也许后来你再难经历这么简单纯真的感情。有人说我们年纪太小以至无法成熟地解决问题，可是我们也算是个名义上的成年人。有些人觉得这段经历填补了一生中的一个空缺，有些人却后悔因为自己的无知，错过了生命中更珍贵的东西，或许是知心朋友，或许是理想的大学。

最重要的从来不是效仿别人的经历，而是根据自己量力而行。所有事情都必然会使自己失去一些东西，得到另

一些东西。而你应该清楚地知道，自己一直以来最想要的
是什么，然后做出选择。

乒乓球和我

◇

　　乒乓球于我而言并不是一个"注定"的选择。我没有乒乓世家的背景，甚至刚开始家里连一张乒乓球台子都没有。所以九年的坚持让很多人，甚至是我自己都感到意外。我没想过成为专业运动员，也没想过乒乓球会成为我这一生不可或缺的一部分，只是每天晚上单调又平凡的两个小时训练，一坚持就是九年。我不能把它完全归结于我的毅力，因为父母的坚持、教练的帮助才支撑着我在学习压力和成长的矛盾中没有放弃这项运动。但是我也想感谢自己，因为在压力和坚持的相互博弈中，我一次次突破局限，一次次收获惊喜。

　　从懵懂无知的年纪开始这项运动的训练，那些负面情绪的记忆丝毫不少于手握奖牌时心中激动的时刻。怀疑过自己的坚持是否有意义，也曾质疑过乒乓球是否会对未来有任何帮助。

九年的时间很长，无论在身体上或是心智上，都让我成熟很多。稚嫩和一时的情绪都被沉淀，年少时的莽撞和抱怨也都越来越少。很多"一时兴起"和"三分钟热度"都褪去了华丽有趣的外表，只剩下日复一日的枯燥和疲累。但九年的时间，不变的是对这项竞技运动的激情从未减少。

一、伊始

就像很多世界冠军一样，我最开始打乒乓球的原因是锻炼身体。妈妈说，我小时候身体非常虚弱，弱到在院子里和小朋友玩老鹰抓小鸡也会累得要休息好久，五岁时我的体重还不到三十斤，很长一段时间，每当我站在体重秤上，指针总是摇摇晃晃徘徊在二十多斤左右。所以后来妈妈就把我送到了少年宫开始练习乒乓球。

要感谢这个选择，让我没有因为跑步太慢而在中考体育中拿不到满分，也没有因为营养不良而在每年的身体检查中被警告。当然，感激它的远胜于我在体力上和健康上的收获。我所付出的所有努力和汗水都得以让我在心态、思想方面有更大的成长。

小时候，我曾一度认为它是我成长当中的一块绊脚石，因为假期比赛，我几乎没有时间参加同学之间的聚会，更不用说周游世界去旅游。但当我手握着球拍站在乒乓球桌前时的那种骄傲和自豪却让我觉得它是我成长路上一块恰到好处的垫脚石。虽然那些各种各样的比赛证书和奖杯并没有直接为我铺上一条光明大道，但是我却因为它而站在了更高处的云端，看到了更远处的风景。

二、缘起

当我第一次见到教练能把一个球打到几百板时的那种羡慕和惊叹至今都记忆深刻。我和爸爸站在少年宫乒乓球室的门口，屋里光线并不明亮，我却盯着小白球从这边打到那边又接回来，这样一来一回将近一百板！当时最大的愿望就是有一天也可以这样帅气地打给别人看。

对于乒乓球的喜爱持续了很久。或许因为教练的表扬也激励我唯独选择在这项爱好中持续和坚持。

在乒乓球班，我总是屡屡受到表扬。我总是很轻易就能专注在一个个小白球上，不会轻易就被旁边的事情或者吵闹影响。

不知那时教练是否告诉父母我有天赋，总之我对乒乓球超常的热爱让爸爸开始对我进行"半专业"的训练。

但训练模式的转变，让我纯粹的热爱开始掺杂更多的情绪。

乒乓球从此在我的生活中占着越来越大的重要性。随着我能在更多的比赛中获奖，以及花费着更多的时间，我无法再像其他爱好那样说放弃就放弃。

半专业的训练时间从原来的一周两次到每天一次，原本轻松愉乐的训练氛围也因为教练更加严格的要求而紧张起来。父母对我的要求似乎不再是"锻炼身体"，而是必须尽力地打到最好。当然这样做的目的并不是要求我成为一个专业的运动员，因为父母对读书成绩的要求是更高的。对于乒乓球虽然是锦上添花的一部分，但却也要努力做到最好，而不仅仅是一项娱乐活动。

由于对乒乓球的重视，我的生活似乎多了一项主要任务，故此时间也被安排得非常满当。当时正值小学，是夯实基础的时期，老师布置作业从来不会手下留情，加上妈妈为了让我巩固基础给我留的"附加作业"，娱乐的时间就被占用得所剩无几了。乒乓球的闯入，让我每天放学回家后的休息时间也泡汤了，甚至小学几乎晚上十一点才能上床睡觉。直到我有一次晚上九点给同学打电话时，他妈妈告诉我他已经睡着了，我才知道原来只有我每天有这么多任务，这么晚才能睡觉。这种差异让我心里开始有了对乒乓球的抱怨。

后来为了晚上自由的时间多一些，我慢慢开始在学校课间或者自习课上完成作业。零零散散凑起来，倒是省下了我不少的时间。在坚持打乒乓球和我自己贪玩的缝隙中，我开始学会了时间规划和利用。这是乒乓球在另一方面带给我的意外的成长。

三、任何痛苦背后的美好都值得等待

1

我记得五年级的时候一个周末的晚上，教练从体校找来两个跟我年龄相当的队员，和我比赛切磋。刚开始在练球的时候我满怀信心，似乎基本功练起来感觉水平差不多，还为自己练的时间少，但是水平却几乎赶上体校学生而自满了一会儿。没想到一到比赛，我就输得稀里哗啦。具体比分不记得，但是 11 分的球最多也只能打他们 5 分球，我猜这还是因为他们手下留情，故意失误，把球打出界才让我捡到的几分。从发球到进攻球，我总是要么出界要么下网，手忙脚乱地接过去这个球又来不及接下个球。整场比赛下来，我是真的恨不得找个地缝钻进去，所以刚打完就找了上厕所的借口溜出来。

这次比赛让我很清晰地认识到了自己的水平，原来在体校随便一个人的水平都要比我高出许多。自己从前参加区里的比赛都没遇到过这么厉害的对手，并且就算参加了高水平比赛也总是不在意，从来没有认真对待和分析，殊不知这是一次又一次地浪费机会。

父母当时也在场看了我的比赛，不过并没有责备我，因为这种极大的水平差距并不是一时半会儿就可以赶上来的。但是我们之后却很快地制订下了一个目标和计划，就是要赶上体校里运动员的水平，听上去觉得很遥远，甚至觉得不太可能实现。他们从小学一年级就开始在体校上学，体校有着特殊的作息时间，每天下午放学时间更早，然后就有四到五个小时的训练，并且还有各种高水平的陪练和许多对手互相切磋。核算下来，训练的时间比我多了不止三四年。不过有了这样的目标，我的训练就更加坚定，强度也更加大了。

　　我们和学校老师商量占用体育课的时间进行训练。由于前两年的暑假，我都曾代表学校参加比赛并获得区里的第一名，他们欣然应允，并把学校的乒乓球室打开，给我提供训练的机会。就在一个简易的平房里，摆上一张乒乓球桌，屋子里的设施简洁得很，没有空调也没有暖气，冬天训练时，手指经常被冻得无法发力。夏天时总是还没打上几个球就已经满身大汗。

　　除却这个冬冷夏热的训练场地以外，我也失去了在体育课和同学玩耍的机会。况且在学校只是附加训练，每天回到家后，我依旧要练两个多小时。晚上的乒乓球馆只剩下教练和我，还有在一旁陪伴的父母，几百平米的球室只能听到乒乓球咚咚咚的声音。一个晚上要打十几盆，将近有三千多个球。教练和父母几个人盯着我一个人，不停地指出我的问题。我开始极不情愿这样的训练。有时我听得进去，有时却只是应付地点点头，因为总是累得顾及不上他们指点出的问题和错误，所以相同的问题我听了一遍又一遍。这种枯燥无味又烦闷的生活几乎没有一点点兴致可言。

　　但是有一次在学校的经历却给我很大的信心和动力。那天体育课时，我还像平时一样在乒乓球室练球，突然看到我们班二三十个同学熙熙攘攘地朝这边走过来，这里并不是回教室必经的道路，所以我知道他们是过来看我打球的。我当时又惊又喜，想要展示给大家看却又有些紧张。

转头看着他们挤在窗边的情形，我心里第一次感到比教练对我的任何表扬都要强烈的喜悦。我开始打得越来越卖力，耳朵也毫不放松地捕捉窗外知了叫声下的一片惊叹和赞扬。那是我第一次感受到比别人多付出的努力所带来的满足和自豪，也是我第一次真正认识到之前所有的努力都是有回报的。

后来我的同学也偶尔会拐到球室看我打球，这些记忆一直很深刻，给我很大的鼓舞，即便到了如今也依旧如此。

除了在学校期间增加的训练时间，由于我必须要提升比赛经验，我不得不在周六周日到海淀体校或者什刹海体校进行一些比赛。

如果这周我又赢了之前总是战胜不了的对手，那种欣喜就能让我下一整周的训练都多一点激情。可是有时候也会因为发挥不好，面对有些原本胜券在握的对手时都输得一塌糊涂，我也会怀疑自己的训练是不是没有什么效率和成果。

但是无论我是激情满满还是低迷不振，我的训练从来没有间断过。有些在体校的朋友用乒乓球特长考上了心仪的学校后不再坚持打球，也有些没有进专业队就把精力花费在了其他方面。或许正是因为我一直以来无论水平高低都坚持下来，到了小学毕业的时候，已经能和曾经惨败的那两个朋友有所较量了。

刚开始去参加比赛时我总是当小组垫底的一个，练到了初高中甚至在北京市体校冠军赛中摘得了桂冠。

2

在乒乓球的路上，我也走过很多的弯路，行为心理学家研究得出："养成一个习惯需要 21 天的时间。"但是于我而言，改变并固定一个打了几年的乒乓球动作，却需要多出几倍的努力。

我从一开始练习乒乓球就没有像其他人一样去专业体校进行系统的练习，经常是不同的教练换来换去。每个教练都有不同的训练方式，各自动作也有不同的特点，所以指导往往都不大相同。再加上我几乎没有很长时间地跟同一个教练训练，总是在我还没有完全改正时又换了另一个，然而另一个教练看着我还不够完善的动作又会提出新的意见。有的说我的腿部力量用不上，有的说我的腰不能配合手打球，也有的说我手指的运用需要加强。就这样一遍一遍地重新调整，我在改动作的路程上绕来绕去也不见多少长进。

我原本不在意这些改来改去的动作，但是这些渐渐地让我在后续练球中受到了越来越大的打击。我慢慢地开始重视到教练所提出的这些问题，发现虽然每个教练有不同角度的想法，但他们都提出了关于我正手打球的不合理性。

所以我不得不下定决心把这个动作改过来。

爸爸为此研究过很多专业选手的打球视频，再综合上几个教练提出的问题所在，我们开始了这场拉锯战。

先从一个一个球练起，要求也降低到做出每个重要的动作要点，并不是把球打过去。就这样每天练四五盆，动作稍微固定后，再连续地进行对打，陌生的动作总是很难处理一些灵活的球，所以我好几次打着打着就回到之前不规范的动作，然后又要回到开始最基本的模式进行加强训练。为了防止动作还没固定之前就变形，我每天都不能进行其他计划的训练，也从来没有打过任何比赛。这样每天都对着同一张球桌和一个姿势的改动作历程进行了将近一个月，基本的要点已经变成深刻的意识后我才慢慢加入了稍微复杂一些的组合。

正手对攻这个最基本的动作几乎是我从第一天练球起就不停地加深加固，几年的积累要在这么短的时间内完全根除可谓难上加难。新的动作最难的就是融合到比赛中，因为往往要把更多的精力都花费在思考战术上，很难顾及到动作的正确，大多都是凭借下意识反应打球。

虽然这次是下定决心要把动作完全改过来，也花费了很长的时间进行重复性的练习，但是真正在比赛中能发挥出来也将近用了半年到一年的时间。不过我觉得很值得，之前的教练还因此劝我改用另一种颗粒胶皮（打起来更容易些，但是水平提高空间不大）。因为我步伐和身体配合总是不协调，打出的球没有力量也没有旋转，但是随着这次较彻底的改动作，这些问题都迎刃而解了。

我在乒乓球上从来都没有过人的天赋，也没有超乎常人的悟性和理解能力，甚至走了很多体校专业训练队员没有走过的弯路，只不过我没有停下来过，没有因为路途坎坷就回头，没有因为跟不上队伍就放下执念，所以才有了追上曾经惨败的对手和超越自己的机会。

四、没有人愿意为你的弱小埋单

训练了大概一两年左右，我带着满心的激动第一次参加了全国性的乒乓球比赛。由于参加团体比赛，我不得不插入一个陌生的队伍，和并不相识的人组成一个团体参赛。

基本功刚刚比较熟练，还没有什么比赛的实战经验。教练跟我说，这次比赛就当作积累经验。所以我的目标就是开阔眼界，对赛程丝毫不紧张。

与我完全处于不同状态的队友，在休息时间几乎都拿着秩序册研究对手的水平，赛程空闲时就研究对手的各方面长项和弱点，看到没有比赛的台子赶紧叫我陪她练习。

我当时从没想过我们之间的差距和不同会带来什么困扰，直到团体比赛拉开了序幕。本来三个人的团体只有我们两个人，所以每场团体赛都少了一分。如果我们想要胜出就要比别的队伍多赢一场球。

但是我来参加比赛时就从没想过拿名次，也导致我在比赛时并没有全力拼搏，原本就不高的水平加上随便的态度，我几乎一场球都没有赢，很快就以最后一名的成绩被淘汰出局了。

刚刚回到酒店，同队队友的父母就打来了电话，似乎问了她关于比赛的状况，突然间她开始生气又愤怒地抱怨："团体比赛小组赛都没出线，根本没办法赢。队友水平太业余了，拖我后腿，我一个人怎么可能赢三场球……"完全不顾我在旁边地向她的父母对我进行批斗，我的心情却在那一瞬间跌入低谷，怒气一下飙到了头顶。当时极力忍住了没有跟她吵架生气，可是晚上我却捂在被子里抽泣了很久，心里越想越委屈。这件事一度让我耿耿于怀。

我从未因为自己水平低而自卑，因为我的训练时间和强度远比专业的运动员少得多，比赛经验也不及他们一半，水平低自是情理中的事情，我一度认为别人会理解，也不会因此迁怒于我。她既然和我一个团体，就应该做好输球的准备。

比赛完回到家，当我把这件事告诉教练时，他却没有像我预料中一样对她进行一番批评。相反，他只是跟我说："作为运动员，求胜心就是本能，她急切想要赢的心情也是理所应当，而你并不能要求别人因为你的弱小而接受失败。"

我当时不明白，也觉得很不服气。不过后来这件事也被我渐渐淡忘了。直到几年后，已经不再是菜鸟级别水平的我去参加区里的一个团体赛。作为团体中的主力，当我拼尽全力赢了每一场球，却因为其他人随随便便的态度屡屡输球，最终与冠军失之交臂。我极力忍住自己的愤怒，心里难受的滋味却让我郁郁寡欢很久，也在那时勾起了第一次参加比赛时的回忆。

我忽然间就对那个队友的反应感同身受，也彻彻底底地明白了教练说的话。

水平低永远不能成为庇护我们的借口，因为没有人愿意为你的弱小买单。

五、初生牛犊不怕虎

五年级暑假的夏天，我第一次只身一人跟随着团体来到内蒙古呼和浩特参加了"幼苗杯"全国少儿乒乓球比赛。我原本并不在这个球队里训练，只是因为比赛需要，通过教练报名才插入到这个队伍中。那时候我还是个很怕生的人，也从来没有离开家人出过远门。

记得走的那天，北京特别燥热，我一个人和一群不太熟悉的人远赴内蒙古参加比赛，心里有些害怕和胆怯，我不停地看表，想拖到最后一刻再上车。而在低头看表的间隙，偶尔会悄悄地看一眼一旁陪着我的妈妈，不经意的一瞥之间，我忽然发现妈妈的眼角微微泛起泪光，看到我在看她，向我靠近了几步，轻轻地抚弄着我的头发，一边嘱咐："一个人出远门，到那边别怕生……"而我则是一个劲儿地点头。终于不得已要上车了，没一会儿汽车就缓缓开动，我扭过头，透过车窗玻璃，看见妈妈仍站在原地没有离开，一直冲着我招手，不禁鼻子一酸，刚才上车前极力掩盖的眼泪终于落了下来。

然而很快，在和队里的朋友们混熟后，内心的害怕都被快乐占据，几乎把比赛都抛之脑后了。

七月的内蒙古气候很温和，给燥热的比赛灭了一层火热。记忆中到处都是柔和的景象，凉爽的风，冰冰的雪碧瓶上滴下的水滴，从云彩背后射出的微弱的阳光，以及缓缓展开的赛程。

由于同行队友的高水平，我们在团体赛中拿到了第四名的成绩。到了单打比赛的环节，我则放松了许多。从前参加过的大大小小的比赛，我几乎都在小组赛就被淘汰了。这也无形之中给了我一个"经验"，当遇到水平高的选手时，还不如直接放弃显得没那么狼狈一些。教练没有严苛的要求，也促使了我一直处于随意的心态。这种事不关己的态度直到我在小组赛中胜出，能够参加第二阶段的比赛时有所改变。我突然意识到自己的水平已经不像从前那样停留在最底层的位置，意识到自己并不是来充当炮灰的角色，原本对待比赛的心情也紧张认真起来，每一场比赛都咬紧牙关抱着必胜的念头。随着进入越来越靠前的名次，教练和队友们每场比赛都来给我指导和加油助威。八进四的比赛中，我在大比分二比一落后的情况下扳回两局，惊险胜出。下场后才发现紧张得嘴唇都已经被咬破了。经过几番越来越激烈的争夺后，我最终拿着全国少儿杯第四名的奖状回到了北京。

虽然没有前三甲的成绩，但是第一张全国比赛的获奖证书却被我当作宝贝一样高高挂在客厅墙上最显眼的位置。让我铭记的不仅仅是第一次在全国比赛中获奖，也改变了乒乓球在我心目中的定位和意义。只有对自己的信任才给予了任何事发生的可能。

从此之后的每场比赛，我都把自己当作专业的运动员一样去参与，都把自己当作可以站在领奖台上戴着金牌的选手。

心态固然无法在瞬间大幅度地改变竞技水平，但是在赛场上的表现和发挥却因此大有不同。我想之后拿过的所有奖牌，都是因为这次改变才有了机会。

练习乒乓球时，我们往往都从输得很惨开始，因为我们必须从输的比赛中获取经验和技巧。这些才能帮助我们在练习中不断提升水平，确保在下次比赛时也能正常发挥。然而光有专业技术和场上技巧是不够的，最重要的是要有一颗坚定且想要赢的心。

虽然在中国这个乒乓大国中拿到专业，甚至是业余比赛的奖牌，都很艰难，但如果自己都没想胜利，不拼尽全力去争取，又有什么可能呢？

"你总要把它当真，结果才不会辜负你。"

六、身在强将中

由于自己在乒乓球上曾拿过几个小奖，初中时幸运地得到北大方正俱乐部训练的机会。这是我第一次真正到一个乒乓球队进行训练。那段时光总是一遍一遍被我拿出来跟别人说，让自己听上去也曾经是个有过专业训练经历的运动员。

当我暑假刚刚得知自己要到俱乐部长期训练时，我内心很忐忑。从前到别的俱乐部训练的场景让我对运动队的印象就是十分严厉的教练和高强度的训练。

然而这支球队却给了我很多温暖。虽然每日辛苦的训练依旧，但是队友间的关系总是很好，教练在训练之余也和我们打闹成一片。

第一年的暑假我就和球队前往东莞参加了全国中学生乒乓球的比赛。这是我第一次真正意义上代表自己所在的队伍与别人进行较量。

每个人在没有比赛的那天，原本可以待在酒店里休息，但是都会到现场给自己的队友加油或者帮忙在场外指导，即便输了比赛，队友也会伸出手拍拍你说，没关系，尽力就好。到了决赛的那几天，整个场上只剩下两个队伍的队员，我们在看台上看球时都屏住呼吸，又在队友赢球时大声激动地鼓掌。夏天被太阳炙烤着的东莞就因为这十几个人的团体变得振奋而令人怀念。

第二年，我参加了"五四青年杯"乒乓球比赛，还被教练推举为中学生代表接受了现场直播的采访。我当时受宠若惊，也有些紧张，上台说话时故作镇定，眼睛却偷偷瞄着台下的队友们，他们都探着头朝我挤眉弄眼。看见那些熟悉的身影，内心就踏实多了。

就是这样一个在一点一滴中走到一起的队伍，或许身在一个运动队中，总是更能强烈地感受到这是一个集体。

因为在最紧张、最难熬、最激动的时刻，都有这样的一群人在身旁。我们输了比赛一起扛，收获的种种喜悦也一起共享。

七、征战香港乒总杯排名赛

高中的学校并没有乒乓球校队，不过有个设施齐全的乒乓球馆，老师批准了从校外找来的教练每次到馆里训练我打球。我每周都有两三天利用放学后到晚自习前的时间训练。为了在这里能保证训练效果，我从家里把打球的架子搬到学校，带着球拍和一盆球。总是训练前买一个面包就凑合着当晚餐，或是直到下晚自习肚子饿得咕咕叫时，才想起冲一包泡面。

在学校训练时间的减少让我周末不得不更加紧凑地训练。周五放学回到家时已经差不多五六点，匆匆忙忙吃了晚饭，就要在七点前到达球馆。肚子撑的时候先从发球练起，练了大概半个小时后再练习单球和多球。把一周没怎么练习的步伐和手感都在这两天恢复。再利用周六下午的时间到别的训练馆比赛，能够持续地积累比赛经验。

周末每天至少两个小时的训练总是被安排得满满当当，紧凑又紧张。学习时间的缩短也让我每周都要列一个清晰的规划表才能完成这一周的学习任务。

在准备各种考试，学习最紧张的时候我都没有停止过训练，九年在乒乓球和学习两个角色中互相转换的经历让我早已成为一种习惯，而当所有事情都找到平衡时，它们也就不再成为冲突。

1.一战

我分别利用高中的两次暑假到香港参加比赛。2014年暑假，我第一次对这个比赛有所了解，并赴香港参加了全港排名赛。

那时整个夏天都住在深圳，爸爸在家附近找了一个球馆让我每天能够保证正常的训练。7月盛暑，深圳每天都处在高温状态，下午两三点时的阳光更是毒辣。从家里走到训练馆中步行十五分钟的路程已经满身大汗，好比洗了一个澡，全身湿得透透的。到了球馆后不得不换一身儿衣服再训练，即使室内有空调，训练完后新换的衣服依旧会湿得透彻。就这样每天下午三点到七点的训练，我一直从六月底坚持到七月底。在备赛的这近一个月中，我虽然天天都能吃到最爱吃的奶奶做的饭，却反倒瘦了几斤。如果说有什么支撑着我来回奔波训练，那应该是对这次比赛的期待，以及证明自己的渴望。我内心一直很忐忑，这是一个面向全香港人的比赛，从来没参加过的我心里一点儿底都没有。不过相对于中国大陆总是人外有人、高手层出不穷的氛围，香港的乒乓球水平也稍微缓和一些，机会更加多。正是因为心里的一点期望让我一个假期的训练都一直充满激情。

比赛是在一个周六的下午开始的，第一场球就是淘汰赛，进行得很快也非常惊心动魄，输一场球就相当于结束了整个赛程。前期很顺利，我从几百人中突出重围，面对一点儿都不了解的对手，只能尽我所能发挥，很快就杀入四强。

进入四强那天的比赛进行到很晚，外面还淅淅沥沥下着小雨。在回家的路上爸爸一直很开心，跟我说这样的成绩已经很满意了，明天的半决赛和决赛放轻松打。一边儿还提醒着我不要弄湿衣服和球鞋，到地铁里很容易感冒。其他很多话我都没有听见，因为此时我内心的想法只有：我明天一定要赢下两场比赛。

第二天我提前两个小时就到了比赛场地，那天比赛的人已经剩下很少了，只有每个组别的前四名。馆里的空调显得更加的凉飕飕。我不停地蹦跳，希望可以让自己暖和起来，满球馆找没人比赛的空台子练球。

没多久就听到裁判叫我的名字，对手是一个小女孩，虽然她是香港青少年队的队员，但是看上去似乎比我的年龄要小上三四岁，所以心里放下了戒备，悄悄告诉在一旁给我指导的爸爸，这场比赛应该已经稳赢了。年龄和个头决定了她的力量肯定不及我，再加上很多次参加比赛的经验，几乎胜券在握。从比赛一开始我就以保守的形式处理每个球，希望通过她进攻时失误得分。但是前面几个球的防守就明显出现了失误，她进攻的球力气虽小但是旋转强，并且速度快，我出现了明显的失误。连输两局后，我开始越来越紧张，拉球连连出现失误，脚步动得也更加缓慢。还来不及完全调整，第三局比赛也已经输了。中间休息的时候我整个人都很蒙，爸爸着急得说话声音都提高了分贝，但我除了看他一张一合的嘴之外，并没有听进去多少内容。第四局、第五局，比赛很快结束了，我1∶4惨败。在和对手以及教练握手的时候，他们说着什么我都只是点头附和，手脚还有些颤抖。

中场休息的时候我呆呆地坐在椅子上，早上来时的信心满满已经没了一半，我搓着双手，希望让自己暖和一点，不会影响接下来的比赛。

下一场比赛对手是一个看起来更加纤柔的女孩子。不仅身材纤弱，连在练习时打球也轻飘飘的，和第一个对手的打球节奏完全不一样。我的大脑还没有从之前麻木的状态走出来，无从适应这样的变化，她打过来的球明明质量并不是很高，我却依旧接连失误。我心里又着急又慌乱，不停地停下来系鞋带、梳梳头发或者擦擦球板，但内心一直都没有冷静下来。在一旁指导我的爸爸也无从下手，因为没有命中率，战术仅仅是纸上谈兵。在最后一局，我已经放弃了拼搏，任由对手把比分拉开，然后结束了比赛。

我就在自己一片豪情壮志中止步在第四名。爸爸说要请我去吃一顿好吃的奖励我第一次比赛就取得的好成绩，我却什么都吃不下。自己想了半天，也找不出到底哪点不如对手。

回家后第二天开始，我就因为免疫力低下出现了身体不适。起床时发现小腿上长了很多小疹子，那几天几乎不能出门，因为七八月炎热的天气会加剧我的病情。在家养了一两周后才开始慢慢好转，过了几个月那些印记才慢慢地退下去。

等到我冷静时，回看比赛那天的视频，才发觉这次生病和自己在比赛中的紧张应该有很大的联系。前面由于轻敌而散漫的状态导致我比分落后很多，到最后紧张得连最基本的球也无法拉上台，呆呆地站在球台的一角，动作和步伐仿佛被抽干一样，完全不像个会打乒乓球的运动员。这种心理状态让我无法在比赛时发挥出水平，甚至导致了赛后身体状态受到了影响。

赛后的很长一段时间我都十分低迷，这两场比赛仿佛一针一针扎在了我原本满满的信心和志气上，内心泄了气一般，就像是自己整个假期的训练，以及前面比赛中的紧张和努力都付诸东流。

直到假期结束，回到北京重新开始训练时，我都未从这两场比赛失败的阴影中走出来。虽然每年都有机会参赛，但是每年碰到的对手却都有可能有更高的水平，我却因为自己的心态和状态而错失了奖牌。

2.二战

几乎在之后一年的训练时间中，这次的失败以及对下次参赛的决心和目标一直是我的动力。每当对训练失去兴趣，或者对教练的指导感到烦躁时，我都会想起那几天的懊恼，想起那两场在自己面前生生错过的胜利。

我一直关注着这个比赛，第二年三月当网站报名开放时，我毫不犹豫地报上了名。

针对上次比赛的失败，我在训练时着重加强了进攻的质量和命中率，在和对手比赛时也尝试用不同的方法练习。

2015 年 7 月，当我第二次来到这个比赛场馆时，心里多了几分从容和平静。那种想要证明自己的欲望更加强烈，但是却少了一点胆怯和紧张。

前期比赛一直进行得十分顺利，我很快又进入了前四名的争夺。戏剧的是，半决赛的对手竟然就是上一次相同的对手。去年回家后，我和爸爸针对两场输的球研究了很久，分析对手的特点和打法，又根据这些特点制订了自己的训练计划。不过自己还是很紧张，临上场前，爸爸跟我说，不要在意对手是谁，只要打完比赛不会后悔就好。我冰凉的手握了一下爸爸还有温度的手掌后，就走上了赛场。

对手的打法和去年几乎没有什么不同，从打球的动作到战术都是那样熟悉，但是自己的状态却完全不同。去年曾觉得屡屡上不了台子的球现在轻易就能回过去。也许是自己早有准备，这场比赛甚至比前面的几场球都更加轻松。

半决赛后的决赛进行得也十分顺利，最终以 4：2 的成绩战胜对手。当我赢了最后一个球，在比赛单上签字时，手依旧是颤抖的，那个签名很难看，却是我最深刻的一次。

收拾背包的时候看到对手那个小女孩哭得红通通的眼睛，就像去年的我一样，委屈、不甘心，一遍一遍自责和懊恼。此时我的眼眶也是酸酸的，眼睛里是证明了自己、超越了自己的泪水。

八、尾声

我不像是那些从小小年纪开始打球就预想利用打球考

入大学的特长生，也不是只把乒乓球当作课余爱好一样有时间才打一打的人，而我在学习和打球上都必须要全身心地投入。这让我无数次看着周围的人利用特长考上很好的大学时感到迷茫和纠结，我这样"半吊子"的坚持到底值不值得，有没有结果呢？

我如今的答案当然是值得。

九年乒乓球的坚持训练带给我的收获虽然不是一纸心仪的通知书，但是我却相信在申请中有着很大正面的作用。我虽没有享受到特长生打球带来最直接的福利，但是却感受到了很多对于学习和人生的理解。在不得不面对更强大的对手时一次次体验到的挫败感；在关键时刻平复心情，敢于拼搏的决心；在赛场上面对对手变化时，进行更加灵活的调整。这种蕴含在一个小小乒乓球中的力量和意义，对我有着超乎寻常的触动和启发。

一项运动本身带给你的可能是健康的身体，可能是胜利时的骄傲，可能是好的心态和自信。但是只有在波折中，在想要放弃时还坚持，才能让你感受到与这件事情深深的羁绊，才能让你完成原本不曾想过有可能的事情。

世上没有任何事物可以取代坚持。才华不行，那些有才华的人不能成功的事例太常见；天赋不行，'没有回报的天赋'都快成一句俗语了；只有教育也不行，这个世界到处都充满了教育失败的人。但只要你坚持，你就无所不能。

九年里很多个找不到意义却不得不坚持下来的时刻，很多个看不到曙光却在黑暗中摸索的时刻，很多个坚持过后看到意料之外收获的时刻，让我毕生难忘。

每一次低谷，每一次波折都清晰地标记在成长的数轴上，让我今后的步履走得更加坚定。

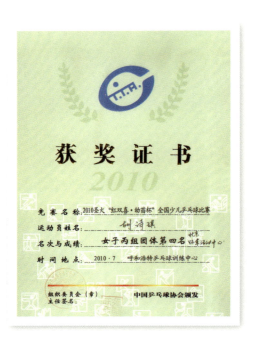

火红的青春——"五·四"杯2013首都青年学生乒乓球赛亚军并代表组委会接受了北京电视台的采访

张爕林老前辈

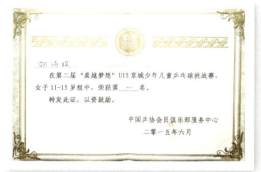

朗语琪

在第二届"卓越梦想"U15京城少年儿童乒乓球挑战赛中，
女子11-15岁组中，荣获第　　名。
特发此证，以资鼓励。

中国乒协会员俱乐部服务中心
二零一五年六月

于2014年7月份
参加香港乒乓球总会举行的
全港女子乒乓球排名赛
（香港一年中分量最高的赛事）
在两组中经过与三百多人的角逐，
取得第四名的成绩

征战 2015 香港乒总杯（图片由香港乒乓总会官网提供）

特长之路的弃与守

一、不是所有失去都是生命的遗憾

我从四岁开始练钢琴，小时候看到老师的手指在黑白琴键上跳跃时总觉得这种乐器既好听，看起来也优雅。爸爸妈妈说，他们当时正是想要培养我对于音乐的情操，所以把我送去了琴行学习。

初学时我总是很喜欢老师教我一些边弹边唱的歌曲，甚至还在少年宫的展示会上表演过几次。

但是随着考级的压力增大，练习喜爱曲目的时间越来

中央音乐学院校外音乐水平考级证书

Certificate of Accomplishment

This is to certify that Ha Shiqi, Female, born in Aug.2000, participated in the Grade Examination of musical level of current year for nonprofessionals and has reached the 6th grade in the playing of Piano.

Chairman Wang Ci Zhao
Grade Committee of Central Conservatory of Music

哈诗琪（女）出生于2000年8月，在本年度钢琴专业校外音乐水平考级中

达到陆级通过水平

主任

中央音乐学院考级委员会
考级委员会

证书号：BJ00482　2010 年 8 月

全国社会艺术水平考级中心监制
NATIONAL SOCIAL ARTS LEVEL TONGKAO EXAMINATION CENTER

越少。因为考级对于各方面的要求也更高，所以我即便练熟了曲目，也要反复细致地纠正细节上的不足。这就需要我花费更多的时间和精力。

对于小时候的我来说，还足以应付这样的任务，但是到了三四年级，由于学校作业增多，各种在其他爱好上的练习也占据了更多的时间。特别是到了乒乓球开始进入更加专业的训练时，在家练习钢琴的时间就更少了。

时间虽少，随着级数的增加，难度却更大。临近考级时，我要背下来十几组音阶，每节课老师都要抽查。由于我没有充足的时间进行来练习，很容易把几个音阶弄混，老师一遍遍指出我的问题，又教我怎么记忆时，我耳朵虽没磨出茧子，但枯燥无聊的话听多了总是昏昏欲睡。考级的时间已经迫在眉睫，但是我的水平却还达不到要求，此时老师总是比我更着急，每节课都督促着我要多加练习，有几次还给爸爸妈妈提前打了"预防针"，告诉他们我考不过的可能性很大。不过我还是很幸运，从三级到六级，每次都擦着边"勉强通过"。

直到五年级暑假在中央音乐学院考过了钢琴六级后，和爸妈商量，由于的确抽不出更多的时间在钢琴上练习提高，就放弃了这一项爱好。

从此几年都没再练过钢琴，直到上了高中，有天妈妈和我商量着要把钢琴从家里搬走，我竟有些不舍得。钢琴上已经积了一层灰，有些琴键按下去也都变了音。我拿着谱子弹了六级的一首曲子，技术已经大不如从前，如今剩下的都是情怀了。

我依旧相信当时的放弃是一种对的选择。有时候的放弃并不总是负面的，有时候的放弃未必会让你惋惜和后悔。因为每个人都有自己的局限，有自己所做不到的事。如果因为放弃我们获得了更好的生活，或者有更多时间在其他方面追求自己更期待的事情，那放弃也不失为一种很好的选择。在我们看的到希望，咬一下牙就能有所转机的地方不轻易放弃，才是最有价值的坚持。

二、人生没有白走的冤枉路

刚上小学的时候，我就开始练书法，从一笔一画开始。中锋，侧锋，回锋，顿笔，各种各样的要领太多了，我到现在都记不太清，光是要练到拿着毛笔的手不颤就花费了很长时间。家里放了一沓一沓的描红字帖，从笔画练到偏旁到字。我不懂什么文化和艺术，也不知怎样把字写的像书里那样，只觉得毛笔字真难写，笔尖总是会变得毛躁，一笔下去分成好几个叉，墨水总是在纸上洇成大大的一片，还散发着一股并不是很宜人的味道。

那时我唯一知道的书法家就是柳公权，模仿他的楷书练了很久。觉得他的字最好看也最简单，不需要草书和行书的连笔功底，也不像隶书和篆书一样长得稀奇古怪。可是明明看上去清晰简单的笔画写起来却总是不像，一直写不出一笔一画的锋利和棱角。练习也变得越来越枯燥。后来很长一段时间的练习，我总是像应付任务一样练习书法，也是因为家庭的影响，我就这样不温不火地练了几年。在书法上的成就可说为工龄长，效果差。

随着我在硬笔书法上的写字越来越熟练，我渐渐对行书有了更大的兴趣。慢慢就从柳公权的楷书改为赵孟頫的行书。没有老师的监督和要求，我自然想写什么写什么。

落笔时手还是有点抖，不过行书没有条条框框的要求，也不怎么需要每一笔画都看旁边的运笔注解。还记得一些小时候学过的笔法要求，几个字以后手就不再左摆右摆了。还算是流畅的笔画，加上结构有很大的提升，虽然每笔的功底技术都不一定做到位，但是字看起来也有模有样了。没想到这一转变就有了兴趣，从此以后每天上午我都会用将近一个小时的时间练习毛笔字，渐渐有了大小、疏密和浓淡干湿的变化。没有别人的参照，也没去参加考级，不知道自己的水平如何，但是相似度却是越来越高。我很安于自己这种"自娱自乐"的状态，只沉浸在自己的成就感中，没有老师絮絮叨叨的纠正和批评。

开始写行书到如今短短的时间内，我竟也临摹了几幅像模像样的作品，和专业水平比较起来肯定相去甚远，但是看着这些作品时，自己也能沾沾自喜许久了。这些成果不仅仅是这短短一段时间的练习就能到达的，其实一大部分原因也要归功于小时候那些仿佛是无用功练的一笔一画。

生活中有多少事我们能预料得到呢？我们所喜欢的事情、讨厌的事情会因为一个小小的原因有所改变。那些所做的看起来的无用功或许也在我们走入一个死胡同时暗暗给我们指出了走向正路的方向。所以不要觉得遗憾或不值得，你所付出的一切，就算那时并未达到目标，也最终会以其他的形式回报你。

三、每颗星星都有各自的光芒

我从很小的年纪就到少年宫学儿童画，大多都是看着老师画好的那幅，再仿照着用水彩笔或者油画棒画一幅完全相同的，不要求自己创作，也不要求临场发挥。我却总是画不出好看的样子，学了一两年就没什么兴趣了。

原本以为我这辈子都和画画没什么缘分，但却在改学国画后兴致大发。或许是那些普通的水彩笔和素描画于我而言并无新意，但是国画用的宣纸和毛笔这种完全不一样的画法却对我充满了吸引。我虽然有很多件因为蘸上太多颜料和墨水被扔掉的衣服，还曾经把半管颜料都不小心挤到脸上去，但每次画完带回家的画都会被爸爸妈妈认真地表扬一番，他们总是说得头头是道，表扬我不仅用笔好、构图好、画得也像。大多数我都是听不懂的，但是却一个劲儿地点着头，听到夸奖就欢喜得不得了。

现在家里还存放着小时候的作品，其实那些被调成稀奇古怪的颜色，还有不够成熟的技法并不优秀。我回想起来，父母的称赞大概也只是为了鼓励我，让我那么多年都觉得自己的水平还不错。但正是心中小小的骄傲才使我时不时就想拿起笔来"显摆"几下。小学毕业后由于要兼顾打球和学习，我就很少到老师那里学习国画，却一有时间就会练习，有的还照着小时候的样子画，看看自己是不是有长进，有时也会自己创作或者临摹一些难度更高的作品。这些都被父母收藏起来，甚至还装裱挂在家里的墙上。

即便自己对国画一直有着很大的兴趣，小时候也跟着老师专门学过四五年的笔法和技法，但真正的水平其实也只能算是个摸到一点皮毛的学生。

　　人生中有太多我们喜爱和向往的事情都无法付出更多的心血，因为总有另一些更重要和更在乎的事情需要我们全力以赴。但是喜爱本身就是一种珍贵的价值，即便是一幅不太好看的作品也能带来轻松和成就感。我们或许无须样样做到精益求精，只要自己能乐在其中也就有了它存在的意义。

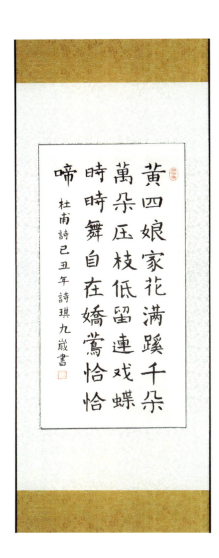

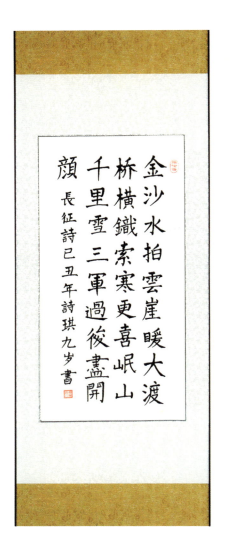

黄四娘家花満蹊千朵
萬朵圧枝低留連戲蝶
時時舞自在嬌鶯恰恰
啼

杜甫詩 己丑年 詩琪九歲書

金沙水拍雲崖暖大渡
桥横鐵索寒更喜岷山
千里雪三軍過後盡開
顔

長征詩 己丑年 詩琪九歲書

中共尚升寺
平共米升仍
平中米尚仍

反位居威屬
仁咸居威使
仁咸位居使

為朝歸燭物值
瑞炊秋游起聞
燈猶深壯故明
祸漢得頃師際

下至諸王將相
貴人委重寶為
施身執弟子禮
可縢紀龍興寺

水光潋滟晴方好山色
空蒙雨亦奇欲把西湖
比西子淡妆浓抹总相
宜 辛卯夏胡詩琪十一歲書

紅軍不怕遠征难萬水
千山只等閒五嶺逶迤
騰細浪烏蒙磅礴走泥
九 長征詩巳丑詩十二歲書

呂吞　呂智　吞智
吞書　智書　貴賢
書貴　書賢　貴盡
貴益　賢益　益

戒雄　雄雄　雄
風風　風赤　赤
雄尊　尊子　子
嚴之　嚴之　之
之　　雄　　嚴
　　　嚴　　之

家高　高令　令
令崇　崇命　命
崇宇　命輩　響
命輩　輩壽　衆
響　　壽　　響
　　　輩　　響

山明水淨夜来霜數樹
深紅出淺黄試上高樓
清入骨豈如春色嗾人
狂

甲午年初秋 詩琪書

文筍綠竹篠蕩雜
還味些殂豆才中
宮蜜六還薪樵芸
水不曰其手陸則
有桑麻如雲鬱々
絲々嘉蔬含漱不
蓄長新陸伐雄兔
水弋多鷹舟极之
西秦十過半衣食滋
殖容々衍々阮樂貝
庶疋教伊惕於弓

丁酉歲夏詩琪臨

觀夫山川暎發照
朗日月清氣焉鍾
沖和攸集星列乎
斗野勢雄乎楚
越神禹之所底定
泰伯之所奄宅自
漢而下往々開國洰
晉城之攬秀授實
沼流千雉面勢作
昆是坡麻代慎牧
必掄大才選有識

丁酉歲夏詩琪臨

前有王海周虞後有何柳郭蘇風流乎曠

治行同符皆所以宣上德意俾民驩娛況乎

土地之所生風筆之所宜人無外求用之有

餘其東則塗潟膏腴畎鍾之田宿麦弄收杭

稻所使玉粒長晳　丁酉歲夏詩琪临

吉羊 己丑年诗琪画

花香时节 己丑年诗琪画

国色天香 己丑年秋月 胡诗琪九岁画

吉祥图 己丑年诗琪画

梅 己丑年诗琪画

富贵 己丑年诗琪画

香醉幽蘭
丁酉歲詩琪畫

寒香傲骨
丁酉歲詩琪畫

傲骨
丁酉歳時琪畫

清香
丁酉歳時琪畫

竹
丁酉歳夏時琪畫

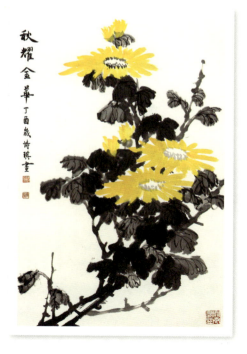

秋耀金華
丁酉歳時琪畫

香醉幽蘭
丁酉歲詩琪畫

难忘的时光

一、话剧

　　我不知道每个女孩在小时候是不是都像我一样有过一个演员梦，当你隔着屏幕都能感受到那些影星的闪耀时，或许都有过羡慕和渴望。小时候看神雕侠侣时，我总把被子披在身上，假装自己就是小龙女；看过还珠格格后，也会央求着妈妈给我买顶格格帽，把它戴在头上觉得自己就是小燕子。

　　我或许从来没停止幻想过自己登上荧屏时的样子，所以当我在学校获得参演话剧《枣树》的资格时，真的开心了很久，这算是圆了我这么多年的一个梦。

话剧演的是一个发生在北京四合院的故事，围绕拆迁展开。拆迁过程中发生的人物纠纷，以及最后的大团圆都充分展现了人最真实的欲望以及感情。我的角色是住在四合院中一个出租车司机的女儿。手拿着剧本的时候我就很紧张，努力想把自己的角色做到最好。

读过很多遍台词，看过很多遍录像。这部话剧看起来似乎就是一段再平常不过的邻里之间的小故事，就像是我们每天都进行的日常交流一样熟悉简单。然而总是"理想很丰满，现实很骨感"，如果你没亲自演过一场戏，就不知道自己的表演能力是多么匮乏。

第一次站在十几个人面前开始演着别人的生活时的尴尬，生硬的表演屡屡被导演喊停，在无数双眼睛下每一个小动作都变得无措，每一次都让我清晰地认识到作为一个演员的艰难，以及站在聚光灯下的恐惧。

我们刚开始排练时，导演的指导总是要细致到一个步伐，或者一个眼神。刚开始我总是不理解，也总是会忘记导演的安排，相同的地方要被说上几次才纠正过来。然后总会感叹着作为一个出色的演员太难了，想象着那些七八十集连续剧中的女主角要排练多少遍才能达到最终展现在观众面前的模样。

《枣树》剧照及剧组合影

但是看着导演做示范时，又觉得他很轻松。他演绎出来的每个人总是鲜明又完整，似乎连小动作都是经过精心设计的，你仿佛从一幕的演出中就能看到一个真实立体的人物。从仗义孝顺的何大哥，到八卦小家子气的媳妇儿；从年迈蹒跚的高大爷，到幼稚单纯的孩子，我几乎看不到人物之间重叠的影子，感受不到相同的人演绎着不同角色之间的违和感。我不知道怎样的训练经历才能让简单的自己变成不同的模样，但却开始对那些荧屏上光鲜亮丽的出色的演员有了新的理解，我开始认真地敬佩那些带来出色表演的每一个人。

　　导演在指导我们的时候说，一个好的演员是需要思考的，思考着如何将人物的性格和行为都表演到极致。在默默无声时要做到消失在舞台上，若张扬时就要万众瞩目。当有一天我拿着剧本开始对台词的时候，我突然发现之所以做不到导演所能表现出的张力和个性，或许就是因为在剧本里，除了白纸黑字，我无从感受潜藏的一个个灵动的人物以及一段段没发生过却"真实"的故事。当一个人物有了灵魂的时候，或许所有的细节都出落得到位又自然。

　　我重新把自己角色的人物设定看了一遍。她是个单纯乖巧，又有点情窦初开的初中生，对于大人们各种利益的纠纷从来不关心、不紧张，她在意更多的是身边人，四合院里的叔叔阿姨和奶奶，以及从小到大的玩伴。

　　我试着把角色融入自己的性格中，放大和她的相同点，完成每个表演前先思考在经历这些事时，她会有怎样的想法，并做出怎样的行为。当我能够理解导演那些对于细枝末节指导的意义时，自然而然就能够轻易地记住了。

　　或许是一遍遍的排练，或许是对演员的认知，让我们和角色之间有了更多的默契，最终的演出还算成功。

　　其实当我再次看着台下黑压压的观众时，心里还是会止不住地蹦跳，有些紧张，更多的可能是激动。但一走上舞台，我就知道自己不再是一个演员，而是台上那个真实的角色。

二、幸福永远要及时

　　学校对面有两个大型商场，于那时的我而言，整栋楼全部的吸引力都在地下一层的美食上。这种得天独厚的地理位置让我像被放飞一样肆无忌惮地扫荡。

　　初中三年的生活多了很多的乐趣，也养成了我后来刁钻的胃口。

　　从开始每天都在学校里吃饭，到偶尔出去吃一两次，再到最后无论时间多紧急也要跑出去饱餐一顿才能满足。小时候妈妈管着我，从来不让我多吃零食或者去外面吃，那时我几乎吃一顿肯德基都要期盼好久。我终于像被释放的笼中小鸟一般，开始了整天胡吃海塞的"吃货"生活。

我原本不太能吃辣的，也因为这里的美食渐渐爱上了这种刺激的感觉。从麻辣香锅、麻辣烫、麻辣小龙虾到麻辣火锅，都成了我如今的最爱。

我小学毕业的时候还是细细瘦瘦的身材，那时妈妈每天都劝着我多吃一点，但我总是吃完这一碗就再不愿多吃两口了。

当然我后来把这些都归功于家里的饭不够美味，因为自从上了初中，我总是怎么吃也吃不够。体重开始一发不可收拾地往上涨。从初一到初二，身高没有怎么长的我，体重却满满重了十斤。连爸妈都跟我说要适当减减肥。

初一、初二时利用去球馆的路上买些小零食，到了初三，即便放学后每天都要去补课，时间更加紧张，我却依然要跑去买些吃的解解馋。有时最后一节课时老师拖几分钟堂，时间变得更加紧张，我也要以百米冲刺的速度赶在上课前买一对辣翅、一个泡芙或者一份吉事果，再冲到补习班上课，虽然累得气喘吁吁，但是吃到心心念念的食物时心中的满足感却让我觉得万分值得。

还没进入青春期之前的年纪还不懂得打扮，就算是多重也没担忧过自己是否不够好看。也幸好那时大大咧咧的我，没有因为"少女心"而牺牲了自己最享受的时光。

人们都说"在对的时间遇到对的人"，我想当年吃货的日子也恰是在对的时间。往后总会顾虑自己是不是重了几斤，脸是不是圆了一圈，裤子是不是比以前穿着更紧。这顿吃得太撑，下顿就几乎不吃。只有当时那个从来不注意形象的我才能毫无顾忌地享受着身边的每一点幸福。

三、你热爱的那片土地

1

回老家是我一年中最期盼的事情，从小到大都没变过。

从深圳坐车到乡下的老家需要三个小时的车程，但是我从来没有体验过这样的 VIP 待遇，每逢过年期间，车程总是要至少堵上七八个小时才能开始看到家乡的一点痕迹。大多是坐在车里一下一下往前挪动着，有时躺在车里睡一觉醒来时，可能看到的还是刚刚熟悉的风景。总是一路上也不敢多喝水，怕开了几个小时也找不到休息站或厕所。

我们把手机里的游戏通通都玩一遍，然后开始听着音乐哼着小曲儿，一会儿又把刷微博看到的有趣的事情跟大家聊上许久，吃着存放的各种各样的零食。然后天慢慢黑了，车里只剩下空调发出的轻微的响声，渐渐还夹杂了我们进入睡眠时缓慢的呼吸声。最后，一车人都睡过去了，总是被奶奶激动地一个个叫着我们名字的声音吵醒。

可即便要坐一天的车程也并没有减少我对于回老家的兴趣和期待。因为这是一年里我最自由快乐的时间，整天游荡在外面，脑子里不装着任何关于学习、考试的思绪。即便哪天爸爸突然想起来让我学习一会儿，爷爷的声音也会在此时解救我"过年放松放松就好了！"

待在家里时，我们会打打牌，五六岁的堂弟也能参与其中，人多时就几个人轮流着打。客厅里时而安静，时而大笑，"二十一点"平时玩起来总觉着无聊，每逢过年时却怎么都玩不够。爷爷总是听着我们的嬉闹声，安静地抽着烟，有时也会走过来说一句"你这个牌太小了，再抓一张"，然后随着我们哈哈大笑。

有时我们会搬个椅子坐在小院子里，吹着舒服的风。我总喜欢抬头看星星，有的星星很夺目，有的星星只能看到一点点微弱的光芒。如果不是抬头看久了脖子酸痛，就算看上一整晚也不嫌烦。吹着二月舒服的晚风，算是一大美事了。

从我很小到北京，再也没怎么看过这样的夜晚，也许在北京也有这样好看的星空。但是我们都太忙碌了，谁能在熙熙攘攘的喧哗中停下脚步呢？最多也只是在从地铁站走到回家的路上抬头望一两眼，又要急匆匆地低头看路。

时间临近大年三十，要数人气最高的就是老家街市上的"赌场"了。总有支起的一个个大帐篷，把四根粗粗的棍子插在土里，上面铺上灰色的一块大布就制成的那种简易帐篷，里面是用大木板和粉笔画出的赌桌。来的人就把要赌的钱放在相应的区域内，然后紧张地看着那个站在中间光膀子的人摇色子，再慢慢开宝。连那些刚几岁的孩子也手攥着一块钱两块钱放进去。赌桌上散落的被揉得皱巴巴的钱总是引起一阵一阵的欢呼，这样熙熙攘攘的人群总是把道路都堵上，从白天到晚上，一直人满为患。

到了天黑的时候，从街的这头走到那头，就能闻到整整一条街都是各种烤串的香味。商家在室外支着几张小桌子，吹着晚风，配上一些啤酒，微醺时大家都互相喊着说话，再加上小商小贩吆喝的声音，在这里的每晚都像在狂欢一般。

当然再热闹也比不过大年三十的那一晚，在春节联欢晚会倒计时到零秒的时候，外面噼里啪啦的鞭炮声就会准时响起来。一家连着一家，这样一会儿远一会儿近的爆竹声在我禁不住困意睡着的时候，还没有停歇下来。小时候我总因为鞭炮响声睡不着，如今却听到这些鞭炮声才安心地觉得这是过年了。

2

在这个小地方，却有大大小小几十个寺庙。不同的寺庙里面供奉着不同的神和佛，每年初一初二的那几天，我们总会跟着奶奶到各种寺庙拜佛。来这里的人络绎不绝，香炉点的香弥漫在整个庙里，那种吞吐云烟缥缈的景象让这个地方的神圣更提升了一分。生活在这个小村庄里的大部分人似乎都有这样的风俗和信仰，无论老少抑或贫穷富贵，家家户户逢年过节都会捐一些钱在寺庙中用于兴建、修缮。这也使得这里的寺庙一直保持完整又十分精致。

老家的房子有些像四合院，方方正正又排列整齐。如果有一栋三四层的房子，那在方圆十几里内都是明显的标志物了。其余的每家每户几乎都住在单层的瓦房里。每一家的间隔距离和房屋大小几乎都差不多，一条条石巷也因此不怎么区别得开来。就算我每天都能走上一遍，到了明年回来，也记不清这条路是通往哪儿。

我总会拉着小姑带着我到老家的巷子里逛荡，听她讲着小时候奶奶给她讲过的这里的故事。这是个很古老的城，当年不知哪个被贬的官逃落到这里，从此这个地方在历史上就有了记载。到了今天已经延续了三四十代人，有着差

家乡的古建筑

不多八百多年的历史。如今还保留着四个城门，不过也只剩下孤零零的门框。走到这个村的最边缘，有一堵长长的墙，听说那是古时候用来防御敌人的墙，可以算作这个小城里的"长城"一般保护住在里面的人。这仿佛是中国千千万万个地方的缩影。总有这些为战争而立的建筑，即便逃到了这个偏僻的地方，也离不开各种争斗和地区的纠纷侵略。随着和平年代的到来，这堵"长城"失去了它的价值，也无人再来守护它，因为新建起的房屋把城墙拆得只剩下断垣残壁，看上去只是一块块突兀的大石头，过路人再无从得知它有过怎样的历史了。

3

我太喜欢这里了，喜欢在这里几乎家家户户都互相熟知，吃串门饭也能吃上好几天；喜欢每个人都穿着拖鞋和睡衣就走出家门，没有人会指着你说"你看那个人真邋遢"；大街上随便碰到的一个都可能是小时候抱过你的叔叔阿姨，你总是一脸蒙地看着一张张很陌生的面孔，任由他们摸摸你的头说"个子长得真快"；亲戚邻居们来做客时拿着一袋袋自己种的菜和红薯，或是腌的萝卜干送来。每年离开的时候，爷爷奶奶总是装一大袋一大袋的特产，把后备厢塞得满满的也觉得不满足，一边还说着，"这些你们回去了都吃不到的，要多带一点"。

　　这里随处可见空旷的土地和不远处青青绿绿的山、地里的耕牛，还有几只在岸上拍拍翅膀的鸭子。所有在高楼林立的城市中所不可能看见的，这里都有；所有你在那里经历的匆忙和压力，这里都能够摆脱。

　　我不知道如果我一直生活在这里，眼中的新奇和美会不会变得暗淡无色，或许会吧。我喜爱的这些都是当我回到城市时无从得到的东西。

　　"人生就是一只钟摆，永远在渴望的痛苦和满足的厌倦之间摆动。"

　　这样也好，若是没有渴望和厌倦，何来诗和远方呢？

　　这个地方，是我不能拥抱的短暂理想，是我四海为家的回头牵肠，是故乡。

生活三棱镜

一、在世界另一角的他们

汽车开了四个多小时，我睡了一觉，玩了几盘"狼人杀"，然后在座位上听了很久的歌，车终于停在了河北省涞源市曼臣酒店的门口。

我对这次支教的好感度又提升了许多，因为我们住的酒店有空调，有浴室，没有满地爬的昆虫和半夜嗡嗡叫的蚊子。虽不是什么几星级酒店，但和想象中的支教相比起来，简直是豪华。

我很好奇我们要去的是怎样一个学校，在这个看起来还算得体的小镇里，教育怎会那么落后呢？

当天下午我才知道，我们从酒店到支教的地方，开车就要几十分钟，从县城开到真正的村里。

到了这里，一切才和我想象中的有所吻合。汽车在坑坑洼洼的地上颠簸，绕着各种歪七扭八的路，带着我们从这个村到那个村去参观教学点。

教学点就相当于学校，可是太小又不算作学校。从幼儿园到小学几年级，可能都在一个班，只有一个老师包揽所有的课程。我曾经也在农村里长大，却未曾见过这样的学校，也未曾体验过这样只有几个人的课堂。在这里有的村里学龄的孩子并不多，整个教学点也只有三四个人，甚至有的只有两个人。一间教室，一大片空地就是他们接受教育的全部地方。

第二天，我们就带着准备的东西被分配到各个不同的教学点中，开始真正的支教。我不敢卖弄自己比他们多学七八年却还不怎么出色的语文和数学，也不知道自己是否担任得起"传道授业"这一重任，所以打算教他们一些力所能及又有趣的课程。三四天的时间我们小组的计划是一起画一副面具脸，自编自改一场 roleplay（一种类似角色扮演的游戏），以及学习几首英文歌。

刚刚走进教室时，他们都在写字，看见我们进来突然

停下笔站起来喊老师好。我并没有想到他们会这么严肃认真，心里十分受宠若惊地走上讲台。这是我第一次以老师的角色站在这里，其实心里有点虚，害怕他们闹腾到不配合我们准备的课程，也不敢太严厉地教育他们。然而事实证明，我的顾虑是多余的。

他们都安静极了，对于我们提出的每个要求都点点头，认真地挪着桌子，认真拿着笔画画，班里好像连一个淘气的小男生都没有。我们一直不停地说话，希望可以让氛围稍稍活跃一些，他们却都低着头认真作画，偶尔和旁边的同学说几句。有个小男孩甚至流鼻血了也一直用手捂着，不说话，也不跟别人借卫生纸。直到我们发现后才带着他到外面的水池清洗干净。

他们第一次学习用水粉作画，并没有什么参照图，只是在面具上自由发挥，画面虽然生涩，却和我们分享了他们这份纯真的快乐。我原本以为教他们唱英语歌会很困难，因为他们有的年级还没开始学英语，有的仅仅学了几个单词和句子，却都坐在一个教室里。但他们的乐感很好，最终也顺利完成了任务。刚开始练习 roleplay 时大家都放不开手脚，不敢发表意见，也不敢做夸张的动作。我们几个人分别到不同的小组里引导他们，提了一些意见，也与他们一起参与表演。最终好几个人都把角色演得十分出色到位。

最后一天的中午，在外面烈日下等待大巴车来接我们，所有的小朋友都围过来陪我们一起等。正午的太阳很毒，我们一遍遍劝他们回去，但他们都纹丝不动，那里的老师说，他们已经晒惯了，这点不算什么的。

于是我们齐声唱了一首歌，是高二艺术节合唱演出的《红日》，歌词记得断断续续，时不时还哼哼两声代替忘记的歌词。但还是得到了来自他们最用力的鼓掌声。我们顶着大太阳聊了一会儿，其实大部分是我们自己开着玩笑，这时领队老师的电话就响了，是司机打来的。说了再见，我们就陆陆续续往门口走去。沿着进来时走的那条土路，踩在自己的影子上一步一步离开那里。

突然，后面传来一群稚嫩的声音，喊着"哥哥姐姐们再见"。我们回过头去，看着在校门口的那群身影，一直挥手向我们告别，我们一步三回头地往前走，直到他们的身影渐渐模糊，直到我们转弯再也看不到他们。

我内心的触动挺大的，因为他们给我的印象一直都是羞涩又安静。不知是因为见到陌生人害羞，还是他们本身就如此。最后的这一声告别让我很惊喜。我想自私地把这个归于对我们的不舍，但即便不是，我也知足了。在这几天的时间，我感受到了他们虽从不说出口却快乐的神情。如果这几天的相处让他们对世界有了更多的了解并带去了一点点的希望，那于我们而言，就完成了这两百多公里行程的全部使命。

支教部分

　　或许学校的支教活动每年都会办下去，教他们的会是一批又一批的学长学姐们，于他们而言，你我他都并无什么差别，但于我而言，这三四天却是我第一次接触到在世界上另一群正在上学的孩子们。

　　回到家后，有几个学生添加了我的QQ。其中一个小女孩跟我聊了几句，她问我老家是哪里的，又问我能不能给她发几张照片。我突然发现我手机里一张家里的照片都没有，赶紧到百度上找了几张图片发给她。她说你的家乡真美啊，她有机会真想去看看。我告诉她以后一定要来深圳找姐姐玩。

　　我们从此再也没有过多的联系了，但是看着那几天在泥土地的教室里给他们上课的照片时，我还是感触颇深。

　　他们其实和当年的我们有什么不同呢？我们都一样害怕接触陌生，却又渴望新鲜。我们把所有事都看得很重要，认真对待却又患得患失。所有和考试、学习无关的事于我们而言都是有趣的事，即使我们并非真正喜爱，却愿意兴致勃勃地尝试。

　　可是他们和我们或许还有很多的不一样。他们上完小学，初中并不一定就有了着落。他们在偏僻的地方无法享受最好的教育和相同的机会。他们一些人或许无法因为热爱知识就去学习，更多的是为了柴米油盐而奋斗。

　　我不知道我们还能不能遇见，或许那时在校门回头看着他们招手的身影越来越远时就是永别。只是希望，有一天他们走出大山，走出家乡，也能去看一看这偌大的世界；只是希望，他们也能有着对生活的选择，有着能够追求梦想的沃土和勇气。

二、看见他们，你就没有理由放弃

有机会接触到这群特别的孩子是一件意料之外的事，却也是个意外的惊喜。

高一开学的社团招新中，我加入了学校的 benevolent 社，benevolent 翻译过来是慈爱的意思。这个社团的主要目的是利用课余时间帮助一些受到疾病困扰的非正常儿童。最初我并非一眼相中就决定要来这个社团，而是看过了所有的社团的展览和介绍时，觉得这个社团周末活动多，稍稍有趣一些就在这里报名了。

果真，几乎每隔一个周末，我们都会组织安排到"阳光小屋"给白血病儿童上课。这里只有一间屋子，但各种玩具和儿童座椅都齐全，更像是个幼儿园。

开课前一周，有一个培训，讲了一些不要伤害到儿童的注意事项。其实在此之前，我一直把这个活动看得很随意，直到老师真的拿出酒精让我们把所有的桌子椅子都清洁一遍后，我才意识到，自己要接触的的的确确是一些需要"特别小心"的孩子们。

每个小朋友来的时候都戴着口罩，所以去过那么多次，我也没记住几张面孔。但你若是想从他们仅仅露出来的一双眼睛里看到一丝可怜的情绪，那也是徒劳的。他们互相打闹，争抢玩具，满屋子追着跑，嗓门和嬉闹声丝毫不亚于那些在幼儿园里健康的小朋友。

上课时，除了要提前给座椅消毒，戴上口罩外，也并没有什么不同。有几个安静的学生会认真听讲，也有淘气的会在上课时和别人聊天，还有的会问一些天马行空的问题。

家长们总是在角落里围成一圈，讨论着医院最近用的什么药，或者给孩子新买的仪器是否好用之类的话题。我原本以为会是死气沉沉的气氛，从来没有发生过。他们聊着病情时就像说着今晚吃什么一样轻描淡写，可是看着他们时时督促自己的孩子喝水时，以及给他们戴上口罩时的神情，也能清晰地感受到浓烈的关心和在乎。

我总在想，他们的病是不是快好了，或者是不是等他们长大，也只是比普通人多戴一副口罩罢了。

后来有一天下课后，我们和那里的老师聊天时得知大部分人的治疗方式都是化疗，通过杀死癌细胞进行治疗。

我当时想，相比起骨髓移植，这种仅仅是吃药输液的治疗，痛苦应该会减少很多，因为化疗在我的印象中仅仅是掉头发。我回家后特意上网搜了一下化疗，才发现所有的回答中都写满了疼痛、难受、恶心呕吐的字眼。

在知道这些前，或许我只会觉得他们乐观可爱，和普通的小孩子并无两样，但是之后再看到那么开怀的笑容时，你才能感受到他们有多坚强。

儿童患白血病的概率较高，在这里我接触过的孩子还不到一百个，世界上还有千千万万我所没有见过的患病儿童，他们中的多少人也同样在接受痛苦的治疗时依旧微笑地面对世界。

我曾在《朗读者》中听过一对自闭症儿童家长所讲述的故事。他们的孩子天生是自闭症，后来又患上了白血病。自闭症的儿童天生好动，连在教室坐二十分钟都很困难，更何况需要他天天都在医院里躺着输液，治疗时由于恐惧他总是百般不配合。然而这个妈妈却哽咽地说，孩子在做穿刺的时候，一声都没吭地挺过来了。大人们在看到医生把又粗又长的针从锁骨处穿进去抽骨髓时，都会觉得很难受，而孩子却坚强地挺过来了，这或许就是他求生的欲望在顽强地挣扎。

可能家长和孩子们都早已从刚刚得知患病时的绝望和不冷静中平静下来，但是三百六十五天治疗的折磨，三百六十五天徘徊在生死界上的惊心动魄，却是一天又一天，从未减弱。

我想当我们看见他们的笑脸时，就没有什么理由失去对生活的向往，就没有什么困难让我们理应放弃。

社团部分

三、收获总是不期而遇

　　很多人在高中时期都会被学校要求参加社团。高中时期的社团活动大多都是按时参加，到了学期末写个总结就可以得到几个学分，有些人和社长关系好，自然缺席也无所谓了。想要在社团找一群志同道合的伙伴们干一番大事业的人似乎很少，把它当作一节自由活动课的反倒是很多。或许你也曾像最开始的我一般抱怨过，社团的意义是什么？

　　当高一最后一次社团活动，上一任社团社长把这个社团交到我的手上时，我心里的不安大过荣誉感。我虽从小学到高中，一直都在班里担任班干部，但从来都是一些"闲职干部"，从宣传委员到文艺委员，没担起过什么大责任，只是偶尔在班里处理一些小事情，比如黑板报，或者艺术节的合唱表演。在开班委会的时候照例出席，没什么发言，也没什么大的贡献。每年在竞选演讲上说自己有着当班干部的经验及领导力时其实都有着谈空说有的成分。上任社长的认可给了我莫大的压力，从社团招新开始就需要自己出谋划策，到之后每次的活动内容以及周末的志愿活动组织，对于那些常年做"大官"的人或许能够轻易处理得得心应手，我却面临着挑战。

从假期开始就和几个副社长以及成员一起商量着如何做海报，现场每个人都游走在新生人群中，一句一句解释劝服。招生过后，就要安排每节课的内容，从讲述一些相关的心理学知识，到普及我们所参与志愿的白血病儿童的情况，为了拉动热情也举办了很多社团福利活动，比如过生日、看电影等。每次普普通通的社团时间背后都是我们费尽心思地琢磨，当然也有其他人的帮助，进行得也较为顺利。

作为社长，为了更加了解社会中特殊儿童的病情及现状，我曾参加过一些社会中关于特殊儿童的讲座或公益活动，比如哈佛大学举办的"自闭症研讨会"，以及到特殊学校进行参观交流。

我不敢说我的领导能力如何突出，毕竟我带领的这个团队也只是按照常规进行着每次的社团活动。但是却是第一次肩上有了重重的担子，责任感是前所未有的强烈。

我也在参加各种活动中感受到了那些特殊儿童人群的庞大和脆弱。我们现在能做的太少了，对他们的帮助也是微乎其微。可是我想这应该是我们需要肩负起的责任，对他们的关爱和帮助是我们在从这个世界中索取了那么多后理应回报给这个社会的感激。

这种意义并不是能够说出来的收获或者领悟，而是一种状态和理解的改变。

有时经历某些事情的意义其实并非这件事情能给我们带来什么，或许参与本身就是最大的意义。

协助组织乒乓球积分赛，获得锻炼

课外活动、实习

象牙塔下思考

一、羽翼未丰也想闯

关于大学的去向我和爸妈争论纠结了很久。妈妈希望我留在香港，因为离深圳距离很近，我遇到难事儿时，他们两个小时就可以赶到我身边，他们挂念我时也随时可以把我传召回来。

而我更想去美国，并非美国的教育比香港更先进，两所学校最大的差别就是一个在太平洋的另一岸，一个在家旁边。所以我的选择大部分原因基于我想要独立，或者应该说是追求自由的内心。

小学的时候爸妈总不敢让我一个人去坐公交或者地铁。有几次我说要自己坐公交回家，妈妈说好，但是还没下公交车就看到妈妈在车站处张望的身影。到了初中，我不得不每天自己坐地铁从学校到训练馆，他们也无法再每天到学校陪着我，刚开始他们还担心，如今我在整个城市游走，他们也不再忧虑了。

从他们的身边走出来对我和父母都是一个逐渐适应的过程。我们学会依靠自己，他们学会放手旁观。

我曾经半夜在宿舍和室友们畅谈的时候讨论过这个问题，我们都将是成年人了，为什么却总是被家长、老师当作小孩子一样相处，他们不敢让我们接触社会中残酷的一面，害怕我们受伤；他们不敢让我们看到他们脆弱的一面，害怕我们无法承受；他们永远想要帮我们安排接下来的路怎么走，害怕我们跌倒。如果一直如此，不仅仅 18 岁的我们无法成年，或许到 28 岁我们依旧无法成年。

我想这或许和小时候学坐公交车一般，他们已经习惯了这么多年在方方面面呵护我们的日子，这种相处方式的转变很难发生在一朝一夕之间。只有当某一天他们有心无力再呵护，然后发现原来虽然磕磕绊绊但是我们也可以自己走下去时，才能放心撒开牵着我们的手。

大学四年大概将是我逐渐塑造成为一个独立个体的过

程。我不能再依附着父母的光环，理所应当地享受所有优越；终于要自己面对泥泞坑洼的生活，看看曾经只存在于别人嘴里的险恶和冷漠；终于有机会去经历我渴望的那些美和我没有准备的那些恶。这是自由赋予我的权利，也是我追求自由要付出的代价。

钱钟书先生在《围城》中写过这样一句话，"在城里人的想出去，城外的人想进来"。也许几年后的自己会渴望现在这般虽没有过多的自由，却什么都不用操心的日子，但如今我对于未来四年的选择却是义无反顾。

二、成长是咖啡，孤独是方糖

高晓松老师曾说过人生最珍贵的两样东西就是爱与自由。这两样加起来是一百分，从前我总是被爱太多，所以觉得自由太少。往后自由越来越多，能感受到的爱也会随之减少，而随之增多的还有孤独。

我小时候是个很怕生的人，如果不到迫不得已，不愿去接触新的人群和新的事物。我的朋友来来回回总是那几个，我参加过的活动也基本大同小异。后来我才发现，我害怕陌生的原因是因为我害怕孤独。害怕在陌生的群体中找不到朋友，害怕在新的活动中融入不到集体中。等我慢慢长大一些，愿意去尝试新鲜事物时，总能在陌生中找到意外的收获，有时在一群人中独处时也感觉并不那么糟糕。

而如今我选择的这条路，孤独更是在所难免，异国他乡，交流障碍，不同的专业，有差异的梦想。

如果说不紧张不在意，那一定是在逞强。不过我虽有些担忧，但也有些期待。

承受孤独可能是一种挑战，要学会通过自给自足获得无法从别人那里得到的安全感。原本热闹带来的满足感也要从与自己交流中填补空缺。但是此时，你则无须迁就，无须记挂，也无须顾及，因为没有旁人，就意味着没有约束。

承受孤独或许也是一种成长，就像当还在襁褓中的我们，无时无刻都离不开父母怀抱中的安全感。等我们长大些，就不再总需要父母的陪伴，有时甚至有些烦恼。再大些时，朋友或许也会越来越少，心中的秘密越来越多。那些只有自己知道的事情开始堆压在心里一个人消化。或许后来，我们和朋友都只是偶尔想起来才联系。独处充斥了我们大半的时间，这些日子慢慢从难熬变成必要，变得有价值。

我想真正的孤独或许是内心世界的空缺。即便你身在人群中央，被熙攘包围，也可能找不到归属感。即便你的每条朋友圈有几百个人点赞，或许也没有一个人真正走近你的生活。大多热闹都停留在表面，交织成社会中这些那些复杂的人际关系，而能够使内心富足的往往只有我们自己。

世界上几十亿的人口，我们每天遇见成百上千的人，但或许我们选择前行的路途上总是只有一个人。鲁迅先生说过，"猛兽总是独行，羊群才成群结队"。当每个人都走在各自追寻目标的路上时，我们都是孤独的，也都是唯一的。

"每一个优秀的人都有过一段沉默的时光。"然后才能在低微的泥土扬尘中开出花来。

我曾看到过一首让我感触很深的诗，想在这里分享：

纽约时间比加州时间早三个小时，

但加州时间并没有变慢。

有人 22 岁就毕业了，

但等了五年才找到好的工作！

有人 25 岁就当上 CEO，

却在 50 岁去世。

也有人迟到 50 岁才当上 CEO，

然后活到 90 岁。

有人依然单身，

同时也有人已婚。

奥巴马 55 岁就退休，

川普 70 岁才开始当总统。

世上每个人本来就有自己的发展时区。

身边有些人看似走在你前面，

也有人看似走在你后面。

其实每个人在自己的时区有自己的步程，

不用嫉妒或嘲笑他们。

他们都在自己的时区里，

你也是！

生命就是等待正确的行动时机。

所以，放轻松。

你没有落后，你没有领先。

在命运为你安排的属于自己的时区里，一切都准时。

心态

　　之所以要说到心态，大概是因为这两个字在我生活中出现的频率堪比教科书上的定义，每发生一件事都会伴随着这两个字的出现。几乎从我面对竞争的压力开始，周围的人就不停地用这个词嘱咐我，心态，心态决定成败。

　　每每乒乓球比赛或是考试前，爸爸会提醒我，"要放好心态"，次数多到我都不怎么放在心上了。若是发挥失常了，爸爸会说"心态不太好"，我就会点头表示同意他的观点。我虽一遍一遍地听，却从没认真想过，到底何为"好的心态"？

　　百度上对于这个词有很长一段复杂的解释，听上去总有点虚无缥缈又难以理解。

不过用短短四个字来概述就是"心理状态"。那这就在我们生活中无处不在了。对于人生，目标的态度可以算是长期的心态；在比赛中是否紧张到无法发挥也可以归因于心态。不仅仅是每个人有不同的心态，相同的人在对待同一件事情上也会有不同的心态。

于我自己而言，对于"心态决定输赢"深有体会。不仅仅从自己的经历中有所体会，也在周围人的生活中看到了心态的意义。

一、好的心态往往让我们柳暗花明

1

2016 年 11 月，我经历了大学申请中的第一个面试——普林斯顿的面试。

收到面试通知后，我们全家都进入了高度紧张的准备状态。爸爸妈妈忙于帮我收拾房间，又放上一些我的作品，虽然不知道是否有用，但所有能够凸显我特长的都以各种形式展示在房间内，又认真查看网络状况。我则到处搜集面试的材料以及过往学长的经验。大概近一个月的时间我们都满怀希望又紧张地各自准备着。

和面试官约定了上午十点的面试，由于他忙着处理工作上的问题（面试官只是学校的校友），一直拖到十一点才正式开始。然而在三个小时前，我就已经穿着正装坐在电脑前开始第几十次模拟着要如何打招呼和微笑，甚至连上厕所和喝水都掐着时间赶紧回来。

然而这么"充分"的准备却加剧了我面试中的紧张，我生怕自己的一点点错误辜负了这么长时间以来父母和自己的付出。

面试完已经是十二点多了。当我打开房间的门时，家里人都静静站在门口，我却清晰地感受到他们身体上散发的丝毫不逊于我的紧张。说实话，直到躺下午休时，我的脑子依旧处于紧绷的状态。

十二月，我收到了普林斯顿的 defer 信。

次年三月底，我正式被普林斯顿拒之门外。

我的常春藤梦也在此戛然而止。

2

如果说申请普林斯顿是一次不需要顾及后果的尝试，那申请纽约大学就是一次追求自己心心念念的 dream school（梦想校）的过程。

二月的一个星期二的早晨，我在班里昏昏欲睡地听着老师开班会，邮箱里蹦出的来自 NYU（纽约大学）的邮件让我倏然清醒。

于是我迎来了申请中的第二次面试。

我想说纽约大学的面试其实是更让我紧张的。我从高一开始就喜欢的学校，在我的整个申请季中都一直鼓舞着我。我甚至连一起去纽约上学的室友都找好了，还想着下课或者傍晚可以去华盛顿广场听听街头艺人的歌声，感受这个城市的情怀。

我把之前所有面试的材料都重新找出来，一遍一遍地浏览纽大的官网，以及知乎上学长们的分享。Word 文档里的笔记记了十几页，过了十几遍还是觉得不安心。

晚上十点的面试，我从早上就坐在书桌前开始准备。我穿着西装，坐在电脑面前几个小时，一遍遍对着 Skype 的通话测试页面排练，害怕网络出故障，害怕摄像头的高度有影响，害怕自己的微笑不够完美。

面试很准时地开始了，我深呼吸着让自己平静，调整了一下坐姿和微笑，才点开了接通键。

我本来准备好的寒暄和问候在见到面试官时顿时变成了简简单单的"hi,my name is Chelsea"。

半个小时面试很快就结束了，屏幕那头不愠不火的表情让我无从判断自己的表现。只是心里无数次祈祷"拜托了 NYU，请给我一封 offer"。

一个月后，我颤抖着点开 NYU 发来的信件，然而入眼的却不是期待的 Congratulation（恭喜）。

我第二次成了大学的"备胎"。

3

寒假期间，我自主申请了香港中文大学。

直到两个月后，才收到中文大学的回信，是要进行一场面试。

面试的时间很紧张，当天正是学校的期末考试，加上 AP 考试也在最后的复习冲刺阶段，所以我来不及做充分的准备，甚至面试当天我都没能像之前一样请假回家，而是向老师借了一间有网教室进行面试。

在结果出来之前，我一直认为这是一场给我减分的面试。我既没穿正装，房间的光线也不够亮堂，由于不稳定的网络，我几次没听清面试官的声音而要求她重复，甚至网络断了一次，又重新连接才继续面试。好在我当时并不紧张，也并不手忙脚乱。我重新插上路由器，检查自己的 WiFi 连接状况，然后打开视频继续面试。

因为没有多少期望，所以心里已然有了收到拒信的心理准备。

5月8日中午，当我打开未读邮件时，Congratulation（恭喜）的字眼弹入眼中，真的感到很惊喜。

这封 offer 是我申请生涯中最出乎意料的结果。

4

三次面试前后不过两个月，除去应试、英语的交流水平并没有在此期间有过大量的练习和提升。精心准备的两个面试本应该对答如流，但每当面试官问到不在我的准备范围的内容时，我都会想方设法套到准备的内容上，有时甚至有些强词夺理。恰恰相反，在另一个没有怎么准备过的面试中，由于并没有所谓"模板"，对所有问题就都能在自己身上找到答案回答，也显得从容许多。

申请当中三次完全不同的心态、不同的面试结果给了我很大的触动。其他方面的要求或许也对我最终的结果产生了影响，但是三次不同的面试过程也起了很大作用。收到最终结果时，总觉得意料之外，但是回想当时的过程，也会觉得这些都是情理之中的结果。当我对结果过于注重时，面试中的心态也往往更加紧张，以至我在和面试官对话的时候声音也伴随着颤抖。这种渴望适得其反，让我无从考虑自己应该应答些什么，如何说才流利，甚至说出每句话都觉得自己不够好，表达得不够清晰。小心翼翼却更加无法把握住机会。当我们一心追求完美时，总是容易失去最重要、最本质的东西。

二、心态冲破潜力

在初中发生的所有事中，有个朋友一直让我印象深刻。他不是传统的学霸，并不是从最开始就顺理成章地在班里的排名高居榜首。相反正是他曾经的不优秀才给后来的蜕变添加了一笔明亮的色彩。

刚刚入学时他的成绩并不怎么出众，通常排名都在一百二十名，总之老师每次表扬的前几名里都没有他。大多数人都是在初三中考前奋力拼搏，为了考高中而努力把成绩提上去，但是他的励志故事从初二就开始了。一百二十名，八十名，五十名，二十名，前十名，又顺理成章地升入北大附中高中部。在我们大多数人看来，这像是个传奇。

当你耳听那些励志故事时，可能只是惊讶于他们的成就，但是当你身边真实的人发生这样的事时，你才能知道这是怎样的挣扎和努力才能达到的飞跃。

我跟他熟络起来已经到了初二。我总是借他的笔记本抄笔记，上课每个错过的知识点都能在他的笔记本中找到。他说这并非是因为手速快，而是课前已经预习了很多内容，且上课只记重点，下课加以整理才能补充完整。各种圈圈点点，符号都是用来快速记录的简写。有些是课前和课上的笔记，有些是上课记录下不懂的提问。普通的笔记就比平常人多出了两三个步骤，如此他每节课的效率都极高。

除了上课效率外，他在课下花费的努力也是常人所不及的。老师在练习册上留作业一般都是挑着题留，他的练习册却从头到尾每一道题都写得满满的，甚至早于老师讲课的速度。有一次，宿舍熄灯后给他打电话，讨论完社会实践的论文后，我们闲聊了几句。他轻声说家里的人已经睡了，但是他还早着呢，要看今天的笔记，做巩固的题目，还要预习。而那时大部分人都已经窝在被子里玩手机，或者睡着了。

知道这样的经历后，若想说他的好成绩是天生的聪明或者小时候基础知识牢固的结果，就不那么贴切了。我觉得这是一种对于学习的心态，对于自己所做事情负责任和坚定的心态让他突破了极限，突破了潜力。

如今我们不怎么联系了，前段时间在朋友圈里看到他被芝加哥大学录取，我并没有感到很意外，因为对于学习的态度注定让他在学业上所向披靡。或许他未来的人生可能会一直顺风顺水，不仅仅是那一年成绩的提升让他往后都有了更好的学习机会，我想他对于学习的态度也会转变成他将来在工作上、生活中的态度，让每件事情都以最完美的结果收官。

我们总是听很多有着杰出成就的人讲述他们也曾经如何卑微，如何挺过艰辛最终走向成功。一天两天我们或许都能做得到，但难的是他们如何做到持之以恒。我想是对于目标和人生正面、积极和拼搏的心态逐渐变成一种信念，塑造了他们，成就了他们。

三、乒乓球中的心态

对于心态感触最深的就是在练习乒乓球中。如果说对于人生的态度是一个长期的效果，那在一项竞技运动中，心态的影响就可以体现在每一场、每一局，甚至每一个球上。

在世界乒乓球比赛历史上就曾经有非常戏剧性的一幕发生。在 2006 年全锦赛男单总决赛中，马琳在 3：10 小比分落后，3：1 大比分落后的情况下，连追 9 分，实现了大逆转，随后又接连赢下两局，最终摘夺金牌。这场比赛的输赢并非由绝对水平决定，在前半场的比赛中，对手在比分上的领先就展示了他的确有着相当不错的实力。但最终原本看似离胜利只有一分之差，实则在心态上却是整场比赛中最大的考验。我不能单单凭借着比分对这场比赛有过多的评论，或许最终让结局产生逆转的有着更多的原因，但心态一定起着非常大的作用和影响。

在我练习乒乓球的生涯中，对于心态决定状态的定论有着更深的体验。我在第一次参加香港公开排名赛进入前四名时，就因为心里过分地想要取得胜利使自己连输两场，甚至没有发挥出自己平时百分之七八十的水平。我也曾在参加北京市冠军赛时，因为对自己获奖并没有报太大期望，心态上更加放松，而意外地获得了冠军。当我们心态好时，总能不断突破和创造奇迹；而当心态崩溃的时候，往往发现自己的水平发挥根本没有下限。

每一个在球场上光鲜的队员付出的都不仅仅是一天天汗流浃背的训练，他们在内心中与自己抗衡的过程同样备受煎熬。国家训练队中聘请了最好的心理咨询师，有着最成功的前辈的指导，可是在这群队伍中成为佼佼者的只有几个人，最终获得冠军的仅有一个名额。若说从来不被心态问题所影响或产生困扰的更微乎其微。

我很喜欢的一名世界冠军张继科，他的身上就有着一个运动员最纯粹最震撼的力量。这种霸气不仅仅来源于他的水平，还有他的心态。刘国梁教练曾评价他，他是个有棱角、有血性的人。他的野心和爆发力使他成为用最短时间拿到大满贯的选手。在聚集世界最顶级选手的中国乒乓球队中，或许很多人的水平很难明显地区分出高低，所以每场比赛中能否发挥出水平，甚至是超常发挥，直接关乎了谁能登上领奖台，心态在此时就起着非常关键的作用。十年寒窗苦练，谁不想一举成名天下知呢？但并非每个有着绝对实力的人都可以做到，摆正心态是迈出的决定性一步。

迷茫

我有过很多梦想。想过当一个写故事的人，在每期报纸的一角都有我写的连载的小说；想过当一个精算师，在华尔街驰骋风云；想过当一名彩绘艺术家，把城市里每一面光秃秃的墙都用彩色填满；想过当一个记者，奔波在世界各地，记录一个个代表性的瞬间。

可是当面临着选专业时，我突然变得不知所措，那些梦想总是想起来时觉得很好，真正选择时却摇摆不定。也几乎没有发现过自己在某方面有极其突出的天分。学校里的理工男总是在处理各种关于计算机问题时得心应手，那些多愁善感的女孩子也总能写出优美的满分作文，有些人虽不善言辞却能一天都待在屋里组装一个机器人，还有的人放荡不羁却随手一画就是一幅精美绝伦的服装设计图。他们的大脑似乎天生就有着与某种特定领域的默契，和他们的特点完美地吻合在一起。但是除了这些人，或许更多的人就像我一样，看着列表里的专业，很多都想试一试，却纠结于找不到一个最心仪的专业方向。

老师总告诉我说，依照自己的兴趣爱好选择专业和方向，我思考了好几天，在脑海中一遍一遍问自己，我最喜欢做什么呢？每问一遍，都更加质疑，更加迷茫，甚至害怕，难道你在十七岁时就要做出那个定义了你从今往后的人生目标和奋斗的意义的决定了吗？

兴趣爱好真的是一个虚无缥缈的感觉，总是随着深入就慢慢消散，就像我小时候有那么多喜爱的特长，最终坚持下来的也仅仅只剩几个，而支撑着我坚持的动力却并不仅仅是热爱，还掺杂着压力、责任，还有成就感。

很多人在犹豫不决时，都会听取家长的意见。身边或许总有人说，你是个没主见的人，你是个无法把控自己人生的人，你是个生活在父母翅膀下的孩子。但果真这样吗？我想并非如此。

有多少最终走上巅峰的人是从少不更事时就找到了生活的目标呢？又有多少成功的人完成的就是十七八岁时的那个理想呢？

我不敢否认的确有些天才生而为某个领域奋斗至终，

但更多的人则需要花费十几年甚至几十年找寻自己的灯塔，然后再用剩余的时间一直奋斗。

库克在麻省理工大学 2017 届毕业典礼上的演讲中说到，自己花了十五年的时间才找到了人生奋斗的目标，他为了找寻人生的意义到杜克大学深造，尝试冥想以及宗教方面的指导，阅读很多伟大哲学家和作家的经典。从大学里他没有找到，到毕业后交替几份工作依旧感到失望，在将近暮年时来到苹果公司，他才发现了自己应该注入一生的心血去完成的目标。他在 51 岁的时候成为苹果公司的 CEO，散发着他的余热，持续创造着辉煌。

他也曾在寻找中迷茫着，在失败中迷茫着，即便如此他最终还是找到了方向。五十岁算晚吗？我想年龄不能决定，因为他的心脏会一直年轻地跳动着。

耶鲁大学的校长说过，他认为，专业的知识和技能，是学生们根据自己的意愿，在大学毕业后才需要去学习和掌握的东西，那不是耶鲁大学教育的任务。而学生在大学期间更应该注重通识教育，这种通识教育的核心是自由的精神、公民的责任、远大的志向。

所以即使你感到迷茫也没关系，因为你无须现在就做出最终的决定。你更不用在意旁人的话语或者评论，没有谁的人生道路已经被规定了应该怎么走，什么时候找到目标，什么时候找到生活的意义，什么时候找到自己付出所有时间和努力也不会后悔的事业。

　　我们身边有太多看似早早找到目标却最终失败的人，也有那些在困惑迷茫中摸索着找到了出路的人。社会每天都在翻天覆地地改变，现实甚至往往比预料中更加变幻莫测。就像昨天的银行到今天的支付宝，昨天的路边拦车到今天的滴滴打车，昨天各种拔地而起的大型购物商场到今天的淘宝天猫和京东。变化总是无从预测，或许感到迷茫的不仅仅是如今刚刚迈入社会的我们，所有人都同时承受着变化带来的便利和压力，所有人都必须面对在新世界中的磕绊和不知所措。

　　鲁迅先生有句名言，"世上本没有路，走的人多了，便成了路"。我想那些坚持走在自己路上的人，创造着自己的路的人一定都会感到迷茫，或者都曾感到迷茫，但是他们在不确定方向时也不停地往前走，最终才成就了辉煌。

理解和爱

一、成长不易

　　我们的成长和父母的教育，就像是施力物体和受力物体一样，相互依存，共同增减。父母或许也曾经不知所措地觉得教育真不容易，就像我们总是抱怨着当个小孩子真难一般。

　　小时候妈妈不让我去校门口买那种五毛钱一包的辣条，为了防止我放学偷偷溜去买，就每天都到学校的大门口接我。我那时总在心里抱怨，为什么她对我的要求这么严格。

　　小时候参加乒乓球比赛时，因为紧张无法发挥实力，爸爸总因此批评我，有时我甚至会在晚上的时候偷偷趴在被子里哭，觉得自己很委屈，认为他说起来轻巧，却不知道自己也并不想紧张。

　　从小爸爸对我作息时间的要求也一直很高，即便在放假期间也不允许八点后起床，有几次我睡过了时间，还被爸爸严厉地教育了一番，自己当时也暗自撇撇嘴表示不满。

　　现在回想起来，才会感谢那些严格的高要求和对我的"制裁"。我虽很多次还是因为紧张而发挥失常，却再也不会失去信心主动放弃比赛。睡懒觉的习惯也在我的日常作息中被剔除得干干净净，保证了我每天都能有规律地生活学习。而在爸妈身边被他们管控着零食的日子更是让自己身体很好。

　　那时我抱怨他们的事情太多太多，对他们的曲解也太多太多。不过虽然有时内心这般想着，却害怕他们看出来，害怕他们从此对我不管不顾。小时候总是庆幸着，还好他们没有察觉到我的不开心，要不一定会对我大发雷霆然后不再事事都为我考虑。长大了才知道，其实我的每个小情绪都被他们看在眼里，只是从未因此就失去对我的耐心和在乎。

二、在你看不到的背后

以前总会听大人们说长大后你就一定会感谢父母。那时的我总觉得他们都是当着父母的面说的客套话，甚至在不知道多少次被父母批评过后还暗自觉得，自己永远都不会理解父母的做法和行为。

不过后来真的长到和他们一样高时，才发现，其实从很早以前，从我还在抱怨他们开始，他们就已经成为了我生命中最重要的部分。我虽害怕他们，但是在学校受到欺负还是第一个找他们哭诉；挨了教练的打骂时也是爸爸和教练谈了许久，才让我从此再也没受到这么严厉的惩罚；当我在青春期有着无谓的多愁善感时，也是他们理智又极富耐心地一遍一遍开导我。

我发现的不仅仅是自己曾经对他们的依赖，还看到了父母另一个角度的侧写。小时候眼睛里只能看到他们对我严苛的要求，他们责骂我时严厉的语气和生气的面孔。后来慢慢就会看到自己在熬夜复习时，父母屋里一直亮着的那盏灯；就会看到在获奖时，爸爸没有什么波澜的一句赞扬后偷偷激动的神情；就会看到妈妈在生气时，还记得给我炖上最爱吃的猪蹄。

几年前还没有微信时，爸爸看到好的文章为了发给我总是手抄一遍，再用短信打一遍，我总是在半夜两三点的时候收到他发来长长的短信，我却很少把每篇都仔仔细细地看过。他后来还笑着跟我说现在打字那么快都是当时练出来的。或许也正是因为几年以来不停地熏陶，才让我总是在提笔时灵感迸发，总是对文字有着特殊的热情。

我曾经有几次因为违反住宿规定被学校扣分，还被通报了家长，害怕回家被父母大骂一顿，提前给他发了一篇长长的作文，旁敲侧击地说他不和我交流，其实内心是想摆脱他对我的责骂。回家后爸爸真的用了很长很长的时间跟我沟通，也几乎再也没怎么指责我。

很多时候我都感到惊喜，这和我想象中的父母怎么一点都不一样。印象里他们总是很凶的样子，原来也会开玩笑，也有着商量的余地，也总是站在我的立场上为我考虑着。原来他们不善言辞的背后，和那些融在生活中的一点一滴的付出是他们想要表达却没说出口的爱。

三、父母是弓，儿女是箭

在我们班里有这样一些同学总让我们很羡慕，他们和父母总是拌嘴吵架、"打打闹闹"，家长不在意他们的学习成绩，甚至从未有过因为成绩不好而责骂他们。我们总是羡慕他们没有生活压力，羡慕他们能够自由自在。

但是如果让我们交换生活，我可能还是愿意保持自己现在的样子。虽然被"管制"，却学会了自律和坚持；虽然被"压迫"，却学会了认真的态度。

我们第一次当孩子，他们第一次当家长，他们把认为最重要最好的东西给我们，我们在接受着他们的教育中成长。其实没有一个人能被称为"世界上教育最成功的人"，因为每个家长的价值观都不同，也无法相互比拟。

他们用着各自的方式，为我们走在渐行渐远的路上铺垫下基石。

都说父母是弓，而我们是箭。他们竭尽所能拉满了弓，让我们走得更有力、飞得更遥远。这是一种终究要面对的离别，却是无怨无悔的感情。

四、我和爸爸

1.对白

我曾经很多次都对爸爸的要求感到困惑：既然你不把乒乓球作为一个特长，何不让我像别人一样规规矩矩上学？

（他说：其实读书和体育一样重要。）

那既然把乒乓球看得那么重要，何不让我把读书放一放，成为一个特长生呢？

（他说：学生读书也很重要，以如今的成绩，暂时不要考虑成为一名特长生。）

既然不要求我成为乒乓球特长生，我能否可以不那么认真？

（他说：人生不能抱有嬉戏的态度，既然上了球台，就要有认真负责的样子。）

上了高中，更多精力都放在申请大学上，但是美国大学并不重视乒乓球，是不是只要认真打，但并不需要全身心地投入练习？

（他说：美国大学中虽然对乒乓球关注得少，但是对体育却很重视。我会随着训练、技术的加深，对球的理解也深，也许能悟到球跟我们人生有很多相似的地方，如邓亚萍将打乒乓球的精神一直延续到读大学和人生中。）

我又要打球，又要学习，还要兼顾其他事情（书法、国画），你的要求又很高，我的自由相比其他人少了很多。

（他说：自由是相对的，独处是一个常态，想要有所成就就要比别人付出得多，自由度自然会少，鱼和熊掌不能兼得。当随着每个人的长大，自由度就会增加，人生最终是我们自己的，父母只能是短暂的陪伴。当进入大学后，自由度会越来越多，该做什么，未来要成为什么，都得自己去考虑，父母的话渐渐只能成为一些建议。人生本领大，自主选择空间更大。）

我学了这些东西没有一项登上顶峰，好像没用。随着长大我身边的人某些方面很厉害，比如英语、奥数、物理、航模、演讲、规划等，自叹不如；而我付出并不少，有时我感觉挺迷茫，甚至有时有点羞答，甚至有时不够自信。

（他说：随着我走出去，将来遇到厉害的人也会更多，也许他们也有很多付出，也许他们的方法更好，但是，龙生九子，各有所长，高中以前获得过什么，甚至成为什么"家"之类，其实不是最重要的。人生是马拉松跑，而不是短跑，成功不在今天，在于明天，重要的是如何成长，小时候学得多一些，接触得广一点对思维是有所帮助、有所交融，慢慢探索，而不一定要成为什么，或许以后这些也用得上。迷茫和困惑也是每个人人生中都会碰到的，也许我曾经出现过的问题，是一个平凡孩子成长过程中所碰到的正常现象，也许当初如果我们双方敢于敞开心扉沟通或许会缩短一些周折和迷茫的时间，教育沟通这个问题涉及自己本身、家庭还有学校，达成默契并非一件易事。每个人都是个体，而不是长在对方肚里的蛔虫。所以成长过程出现一些问题，不能归咎一方，大家都有一些做得不到位的地方和责任。只能说，经历多点也不是坏事。）

2. 他们是你最懂也最不懂的人

毕业典礼上有一个和家长互相交换礼物的环节。由于妈妈并不在北京无法参加，爸爸又是从来不轻易表露感情的人，我的心里早早就断定自己不会收到什么礼物。碍于学校要求，自己随便花了一两个小时给爸爸写了封信，打印出来装在一个信封里当作礼物。

所以当我看到在一片熙攘的人群中爸爸拿出了礼物递到我手中时，我难以置信又惊喜。我为他写的信中，竟还夹杂了曾经对他的抱怨，而他为我准备了一幅书法作品的毕业诗，"泪眼滴滴，岁月依依"流露出对我成长不易的感怀。

高山仰止，大海情深。

走过十七八个春秋，我一直以为我已经足够懂他们，现在我才明白，他们的爱，我永远都摸不透。

有些湿润的眼睛里映入他发梢间一点点银光。我知道毕业典礼意味着不仅仅是高中这场筵席即将散场，也几乎是我待在父母身旁最后完整的时光。

耳旁校歌《三色帆》的歌声还在飘荡着：

"我珍惜你，我记得你

美丽的三色帆，

无言的期冀……"

后记

　　我一直认为，写一本书是一件高大上的事情，所以打算开始写这本书的时候我很纠结，我努力想找到一个吸引读者的闪光点，是进入一所多么出名的大学，或者小小年纪就有着世界级的成就，后来我发现其实自己只是个很平凡的女孩，拿不出什么可以到处吹嘘。不过周围很多人知道后都鼓励我，甚至期待着听我的故事。我想他们或许只是给我一些自信，对于最终这本书能否完成也抱着将信将疑的态度。但是被鼓励着，我也有了信心，想着即使没有那些高大上的行头为何不能写一写自己的成长和感悟呢。我所经历过的迷茫，对周遭的不理解，又慢慢学会感恩和责任，何尝不是我人生中一个大成就。

写每个故事的时候感觉仿佛像是电影院里的观众，把自己这段青涩时光经历过的大大小小的故事都像片子一样放映在眼前。有些事情真的会像旁观者一般一笑了之，而有的事情总是会想了多少遍依旧能够激起心中的层层涟漪。那些曾经想要快点熬过去的时光现在看起来反倒觉得最珍贵。

这本书不仅仅是一个个的故事，更是一连串的足迹，是我在走过年少无知，走过青涩岁月中留下的痕迹。其实如果没有这个契机，多少年后我再要回忆起关于某件事时，他们或许都尘封在我搜索不到的记忆碎片里。而这是一次回眸，是一次拥抱过去。

从我执笔开始到如今讲完这些故事，前后大约只有不到一个月的时间。所以记录下的大多都是印象里最深刻的记忆，那些细枝末节的小事件也来不及细细回想了。我所经历的成长和感悟或许大多数人都同样有过，或许很多人都能看到与自己成长重叠的影子，也有很多与周围人都不大相同的经历，这些也给我了更多的感悟和触动。

都说一百个读者，一百个哈姆雷特。如果这些单薄的文字能够让在世界上某个角落里正在读着这本书的你感到有所触动和共鸣，那这一个多月每天面对着电脑头脑爆发的生活，以及几万字成长的记录也算是万分值得了。